IL CAVALIERE DELLO SPIRITO SANTO

STORIA D'UNA GIORNATA

GUIDO DA VERONA

Texte et illustration de couverture : © domaine public
Edition : Culturea (Hérault, 34)
Contact : infos@culturea.fr
Retrouvez notre catalogue sur http://culturea.fr
Imprimé en Allemagne par Books on Demand
Design typographique : Derek Murphy
Layout : Reedsy (https://reedsy.com/)

Dépôt légal : janvier 2023
Tous droits réservés pour tous pays

ISBN : 9791041841493

Entra il Prologo.

Una dolce sera mediterranea cadeva su la focense capitale dei Massalioti, or divenuta Marsiglia di Notre-Dame-de-la-Garde, sotto lo scettro imperatorio di Raimondo I. La città incurvata sul duplice suo porto, come sul gemino seno la madre che allatta il suo pargolo, riboccava per le babeliche strade, per le piazze alessandrine di tutte le ciurme, di tutte le pestilenze, di tutte le prostituzioni del mare di levante.

Era in un mese d'estate, verso quell'ora che le stelle irrompono come sprazzi di fuochi artificiali tra le nuvole d'un cielo ancor rosso di tramonto. Grandi mantelli d'azzurrità quasi buia s'avvolgevano intorno ai dirupi medievali dell'isola di Château-d'If; l'antico forte St-Jean dei Cavalieri di Malta, con i suoi terribili occhi semispenti, ancor frugava per l'ombre del mar latino in cerca di galere barbaresche. Un odore drogato e contagioso di cuoio, di spezie, d'olii, di cereali e di bestiame vampava dagli stracarichi magazzini de la Joliette fra i profumi della sera d'estate.

Non più ricordo con esattezza quale fosse il titolo della «revue d'été che si rappresentava al Variétés-Casino; so che lo sfarzo dei lampioni quasi violetti e gli occhi neri d'una marsigliese giovine, così forte m'attrassero che dietro i suoi passi v'entrai. Aveva la pelle morbida come un guanto di antilope bianca, la sua capigliatura fosca luccicava come argento brunito. Ma era in compagnia d'un vecchio avvenente, le stava presso un giovincello scrupoloso: per me non v'era posto e me ne racconsolai.

Come si chiamava, diamine! quella rivista d'estate? Forse: - «Tout nu... mam'zelle? - «SoyonsCannebière!... - «C'est ça qu'est chic! - «Je m'en f... du progrès, zut!...

Mi pare che il titolo fosse quest'ultimo, o qualcosa di molto rassomigliante; in ogni modo il Compare, tipo alla Mayol, minacciava di pinguedine; la Comare, ossigenata e custodita in un busto che pareva scenderle sino ai ginocchi, aveva uno sguardo fortemente lesbico; ma c'era una indiavolata e struggente ballerinetta, che faceva la «Gibson girl con un piedino da stare in tasca, la quale mi piaceva più che tutta Marsiglia; e si dicevano cose un po' forti, un po' estive, un po' sudate, cose piene di Montmartre marsigliese.

Nella poltrona presso la mia v'era un uomo di mezza età, personaggio che m'incuriosiva quanto mai con il suo tipo d'inglese coloniale o di pastore anglicano dalla faccia d'esteta: un Lord Byron da strapazzo che si vesta in sartorie d'abiti fatti e frequenti la ellenica scuola di danza del fratello d'Isadora Duncan. Quella familiarità che dal riso presto nasce fra nomadi, quando come anime dannate si va in cerca di svago per le notturne città forestiere, fece sì che in poco avessimo legato discorso. Durante l'intermezzo gli diedi il mio biglietto da visita, ch'egli lesse con attenzione, poi mi presentò il suo che recava questa dicitura:

le chevalier Aristophane
auteur de revues classiques

ATHÈNES.

Incontrare Aristofane in persona al Variétés-Casino di Marsiglia, non è cosa che cápiti ogni giorno, e fui lietissimo della buona occorrenza. Egli parlava il francese con un lieve accento levantino, ma le sue frasi eran sparse d'un sale attico di piacevolissimo sapore, anzi mi avvenne di riflettere quanta rassomiglianza vi fosse tra la spigliata galloria di linguaggio dei «boulevards parigini e il greco antico degli anfiteatri d'Atene, che m'aveva, ohimè, fatto sudare i miei buoni anni di liceo. Scendemmo al bar sotterraneo dove mi permisi di offrirgli un ottimo cocktail Martini; egli fece qualche complimento, ma io lo persuasi a non cambiare le sue dracme, visto che avevo nel taschino molta moneta spicciola.

Durante la rivista, - «Soyons Cannebière!... «Je m'en f... du progrès, zut! - si parlò del più e del meno; dopo, nell'uscire, si venne alle confidenze. Volle conoscere la mia patria, il mio mestiere, l'età, l'albergo, l'itinerario, mi domandò cosa facessi a Marsiglia, e così via. Gli narrai con qualche rammarico di essere un pressochè ignoto poeta e romanziere della terza Italia, non già che i miei scritti la cedessero a quelli della celebre Carolina Invernizio, ma insomma perchè il mondo è così fatto e l'Accademia non li vuole. «Servono, caro amico Aristofane, a dilettare gli ozî di qualche impiegato del telegrafo, o ad eccitare l'insonnia delle belle signore afflitte da un marito sonnacchioso e da un amante troppo metodico... Vi sono molti classici nel mio paese, che scrivono divertentissimi romanzi, e la gente seria legge questi. Ma io, caro amico Aristofane, «je m'en f... du progrès, zut!

«Le chevalier Aristophane mi prese allora sottobraccio ed ebbe la cortesia di dirmi che mi trovava simpatico.

- In Italia, - mi spiegò, - vengo assai di rado, perchè vi ho molti rappresentanti che tutelano i miei affari e la Società degli Autori mi manda ogni tanto un vaglia, che naturalmente è sempre ben accolto. Non certo per offendervi, ma questa Italia è rimasta un gran paese di zucconi, come al tempo dei Romani, vecchi tangheri. Scusate la franchezza, mio delizioso amico, ma io son nato in Grecia e non so dire che la verità...

- Che mai! avete mille ragioni: laggiù si cammina a passi di lumaca, e solo quando una cosa ha ormai fatto il giro della terra, eccola da noi che tira fuori le corna. Siamo un popolo che impiega cent'anni per acquistare una convinzione, un'ammirazione, un'idea, ma quando la è penetrata nel sangue, nè l'evidenza nè la dinamite non la possono distruggere più.

«Le chevalier Aristophane mi strinse il braccio, ed ebbe la cortesia di dirmi per la seconda volta che mi trovava simpatico.

- Avete moglie? domandò.

- Neanche per sogno! Faccio l'amore all'ellenica, fuori dalla legge, con molta varietà.

Non so davvero quale significato egli desse a questa parola «varietà, ma mi strinse il braccio con più forza e tre volte mi ripetè: ...simpatico!

La Cannebière infuriava di tanti lumi, di tanta baraonda e strepito e vivacità, che pareva l'immenso viale d'una fiera di zingari scendente verso il mare.

- Torniamo in su, - gli dissi, - torniamo verso la porticciola per dov'escono le attrici del Variétés-Casino; avrei voglia d'invitare a cena la «Gibson girl col piedino da mettere in tasca.

Il buon greco ebbe un sorriso affabile ma ironico per questa mia concezione tutta latina dell'amore, e mi parve che in quel sorriso ci fosse anche una leggera ombra di gelosia. Nondimeno accondiscese.

Le piccole attrici uscivano con le loro arruffate madri, coi loro protettori dal pugno solido, coi loro moscardini dai cappellucci su le ventitrè; alcuna se n'andava sola, in fretta, onesta; molte occhieggiavano; le più eleganti eran attese da giovini o vecchi nottambuli; altre, in compagnia di comici, s'avviavano loquacemente a mangiare in qualche taverna del porto la drogata «bouillabaisse o la buona fumosa «choucroute. Ed io non vidi affatto l'indiavolata «Gibson girl con il piedino da mettere in tasca. Marsiglia quella sera mi rifiutava con ostinatezza il suo color locale.

Proposi ad Aristofane che andassimo a cenare in una leggiadra sciampagneria, là dove rosseggia l'orchestra boema e le tersicori ospitali siedono alla vostra tavola per pesare con tutta la lor sete, con tutta la loro voracità sul conto elegante che poi vi porge un impassibile maggiordomo.

- Delizioso amico, - disse Aristofane, - accetto volentieri tutto quello che vi piacerà d'offrirmi e tutti gli spassi che vorrete proporre per lo svago di questa notte che rubo a Morfeo. Domattina di buon'ora m'imbarco per la Grecia e in forza d'una vecchia usanza preferisco non coricarmi affatto che interrompere un sonno ben avviato verso il mattino.

- Che mai? lascerete così presto Marsiglia, quand'io mi ripromettevo di godere lungamente la buona sorte ch'ebbi d'incontrarvi?

- Benchè immortale, nulla mi scampa dalle traversìe della fierissima vita! Gli Dei non mi consentono più lunga dimora in questa lieta Francia che ha risolta con tanta grazia la seccatura di dover vivere! Anch'io debbo tornarmene a quel mio paese classico, dove ormai cápita su per giù tutto quello che del vostro dicevate, con l'aggravante che voialtri avete il buon senso d'andare lenti ma di sapere che siete lumache, mentre noi, sin dal tempo di Salamina e delle Termopili, chiamiamo epopea una rissa fra due villaggi, scriviamo dieci poemi per eternare la storia d'una burlesca infedeltà, e creiamo un Olimpo immortale con qualche vinattiere ubbriaco nonchè un paio di nude veneri da lupanare!... Quando Platone venne fuori con la panzana dell'anima, nessuno si aspettava che l'idea facesse tanta strada; quando si condannò alla cicuta quello scostumato blaterone di Socrate, nessuno s'immaginava che la nostra Atene, piccola e pettegola città di provincia, ne avesse a patire tutta l'infamia che ne patì; Anacreonte, nel creare il suo repertorio alla Fragson, manco dubitava d'essere ancora in voga verso i tempi vostri; Saffo, nel fare come la marchesa di B....... in letto e come la Comtesse de Noailles al tavolino, sperava per un delitto e per l'altro un poco più di discrezione storica; le trecento guardie civiche massacrate alle Termopili meritavano, è ben vero, tutte le punizioni più feroci, tranne quella d'essere cantate in rima undecima dal vostro bardo Felice Cavallotti, e il borgomastro Pericle non si sognava mai che la sua mantenuta gli rimarrebbe sul dosso per tutta l'immortalità... Vi annoio forse?

- Tutt'altro, caro amico! Sono anzi del vostro parere in un modo che oltrepassa ogni dire.

- Allora non vi farò mistero di niente... Io stesso, io stesso, quando scrivevo, per esempio, quelle due piccole riviste che si chiaman le Rane e le Nuvole, certo non spingevo la mia più vanagloriosa fede oltre la speranza che mi tenessero il cartello per un paio di stagioni su gli anfiteatri d'Atene. Vi potrei dire la stessa cosa di Sofocle, che si dava al genere serio, come degli altri, a voi noti quanto a me, che racimolavano alla meglio da tutto il teatro ellenico e forestiero quel guazzabuglio di cose che basta per trarne fuori un dramma, una commedia, un «vaudeville, una «pochade, un «lever-de-rideau e così via. L'immortalità ci è venuta addosso come l'acqua a ciel sereno, e vi giuro per la barba di Giove che se oggi mi provassi con la stessa penna a scrivere qualcosa di duraturo, certo non vi riuscirei!

Volli adulare la sua bizzarra modestia.

- No, caro amico, - m'interruppe, - non insistete! Ve lo assicura Aristofane, che se n'intende! Le cose immortali sono quegli uovi di gallina che per avventura vengono depositati su la china dell'immortalità: rotolano giù con un andare sempre più veloce, e non trovano il sasso che li scocci. Ma io vi assicuro che nell'Atene Palladia vivevano per lo meno dieci uomini di vero genio, che nessuno allora nè dopo immortalò; mentre ai tempi nostri quel buon Sofocle era l'autore delle madri nobili ed Euripide spassava tutt'al più i borghesi arricchiti e qualche isterica vaporosa «basbleu. Io me la son cavata un poco meglio in grazia d'averne dette di cotte e di crude, senza peli su la lingua e con un certo brio, sul conto di quelli che andavano per la maggiore; - ma scrivevo un greco che ai tempi nostri era tenuto per mezzo dialetto e i critici serii non degnavano parlare delle mie commedie. Io me n'infischiavo altamente, visto che il mio scopo era la cassetta, e gl'impresarii, con le riviste d'Aristofane facevano quattrini, mentre col teatro classico d'allora gli anfiteatri andavano diserti più che oggi, nell'Atene di Francia, la ben affrescata sala dell'Odéon! Perchè, vedete, l'arte, come la religione, come la moda, come il codice, come le usanze, come tutto insomma, non ha ragione d'essere fuori dal suo tempo, ed è infinitamente bestiale chiamar oggi capolavoro la commedia o la poesia d'un greco, quando non potete più collocarla se non in mezzo ad un mondo artificiale e non avete più se non i vostri pregiudizî storici per estimarne in modo grottesco le bellezze apparenti. L'arte è un'essenza viva che finisce con il suo tempo, e voi, quando mettete le mani fra cose di migliaia d'anni fa, rimovete solo dei cadaveri o per lo meno delle mummie assai ben conservate.

- Saprete nondimeno, - gli osservai, - che c'è nell'uomo il gusto dell'esumazione.

- Senza dubbio, e v'è un altro vizio nell'uomo più condannevole ancora: quello di non voler ammettere a nessun patto che lui stesso e tutte le sue cose debbano essere transitorie. Perciò va in cerca dell'assoluto, nell'arte come nella metafisica, e piglia certi gamberi che chiamerò, per dirla con gli ottimi berlinesi, gamberi colossali! - Ma è lontana, mi sembra, la vostra sciampagneria!

- Nient'affatto; ci siamo passati dinanzi tre o quattro volte nel passeggiare, ma ho preferito non avvedermene perchè la vostra conversazione mi distrae.

«Le chevalier Aristophane mi riprese il braccio che m'aveva abbandonato, e per la quarta volta ebbe la cortesia di trovarmi simpatico.

- Dunque, a parer vostro, - feci, - i soli buoni giudici dell'opera d'arte sono i contemporanei.

- I contemporanei no, perchè tutti i contemporanei, di tutte l'epoche e di tutti i luoghi della terra, sono un branco di assolute bestie; buoni giudici sono quelle minoranze d'intelletti geniali che vivono nello stesso tempo dei creatori d'opere d'arte o in epoche appena successive; ma non sono quasi mai costoro quelli che riescono a far prevalere la lor opinione, perchè nel mondo, checchè si dica, prevale sempre l'opinione delle maggioranze, ossia dei mediocri. E forse, al di sopra di questi giudici eletti, v'è per l'opera d'arte la consacrazione della sensibilità popolare, la quale non comprende ma sente. Questa sensibilità è passeggera e delebile come la folla passionale che la genera, ed a vero dire quando svanisce l'anima sua, svanisce la bellezza intrinseca dell'opera d'arte. Il resto è un'eco; il resto sono quelle piante fiorite, quelle vivande sontuose che gli Egizî mettevan negl'ipogei per profumare e per dar da mangiare ai morti. Sicuro... e se le pappavano i sacerdoti!

- Caro Cavaliere, non posso dirvi altro che una cosa: le vostre parole mi sembrano pronunziate in modo chiaro da una persona oscura che ábiti entro di me. Vi ringrazio del buon ammaestramento, il qua-le m'insegnerà d'oggi in avanti a guardare con occhio più limpido sui valori delle cose.

- E sopratutto a riderne, amico mio!... perchè il valore delle cose non è che un immenso riso contenuto, un'immensa ironia repressa, tanto più grande quanto più il valore è grande. I valori?... oh, che fiabe! L'uomo ha sempre lasciato passare senza porvi mente le cose più belle che gli furon dette; ma invece, anche per la bellezza come per la ragione, ha costruito un sistema metrico decimale, con che si diverte a far somme, sottrazioni, radici cubiche, logaritmi, e si sollazza quanto mai vedendo che queste operazioni riescono, cioè che i risultati sono immutabilmente uguali... Avrei bisogno, se non vi disturba, d'entrare un momento in questo piccolo chiosco.

L'attesi. E passavano tre vispe Marsigliesi dall'accento e dal passo di tamburine, le quali parlavano coi loro tre amici di belle cose vedute al Casino de la Plage. Un odore aspro di pescheria, di conchiglieria marina, feriva terribilmente l'aria dalle prossime botteghe di pescivendoli chiuse; un dragone, quasi nuotante nelle due fisarmoniche de' suoi stivali, trascinava la sciabola sferragliante, che tosto o tardi vedrà il sangue degli Usseri della Morte; intanto angustiava una grossa baldracca, la quale non voleva cedere sul prezzo.

- Ebbene, Cavaliere, alla buon'ora!... Non mi avete ancor detto cosa vi richiama sì presto in Grecia.

- Bisognerebbe vi confidassi apertamente il mestiere che faccio in questo ventesimo secolo cristiano, ed avrei un certo ritegno a dirvelo se non mi foste tanto simpatico... Ecco qui: siccome v'è su la terra una cosa che non muta mai, si chiami dracma o «vingt sous, bisogna per forza riuscire a guadagnarsene, vi pare?

- A chi lo dite, Cavaliere!

- Dunque se dessi oggi commedie sotto il mio nome certo mi fischierebbero, poichè l'immortalità, per sua propria natura, è cosa che appartiene solamente ai morti. Sicchè scrivo per gli altri, mi faccio ben pagare, ma non firmo. Voi saprete forse che a Parigi, ed anche altrove, quasi tutti fanno così. Ma io lavoro per Parigi. Ho una mezza dozzina d'autori molto in voga i quali hanno la bontà di servirsi alla mia ditta. Vado a Parigi regolarmente una volta ogni sei mesi, faccio il giro della clientela e sento cosa desiderano. De Flers et Caillavet, poniamo, vogliono una «pochade... («il Re, vi avverto, l'ho scritto io;) ma tralasciamo i nomi ch'è meglio! Dunque X, poniamo, vuole una rivista per l'Alhambra, Y un'altra per la Cigale, Z una «revuette per il Théâtre Michel, e così via... Si chiacchiera un poco insieme, ci si accorda sul genere, sui denari che posso far spendere per la messa in scena, sul prezzo che mi si pagherà, e quand'ho la cartella piena di commissioni prendo il piroscafo a Marsiglia e faccio per così dire vela verso il Pireo. Laggiù, poco fuori d'Atene, ho quattro palmi di terra, una bella casetta di campagna, un giardino rustico, una vigna che matura sotto il clima dolce, ho qualcos'altro che non vi dico... e là tranquillamente lavoro. Vi avverto, caso mai v'occorresse, che scrivo anche drammi, tragedie, commedie sentimentali e borghesi.

- Ah, per bacco! datemi il vostro indirizzo, caro Cavaliere, perchè non si sa mai!

- Indirizzate pure ad Atene dove tengo un «pied-à-terre; il portinaio mi manda la corrispondenza in campagna. Per voi sono disposto a prezzi di favore, data la grande simpatia che m'ispirate.

E mi riprese il braccio.

- Non sono alieno, - dissi, dopo averci fatto su un pensiero, - non sono alieno dal tentare il teatro a mia volta, oggi sopratutto che non v'è persona ben educata la quale non si creda in obbligo di far qualcosa per le scene. Conosco perfino un ex-analfabeta il quale vi si esercita, sicchè mi potrei forse concedere questo lusso anch'io, dal momento che con la roba scritta son, oserei dire, in una certa familiarità...

- Non avrete che comandare per trovarmi sempre ai vostri ordini. Vediamo un po', cosa piace a casa vostra?

- Ah... tutto! piace tutto! Purchè ci sia pensiero, molto pensiero, un'esagerazione di pensiero... Negli altri paesi il teatro è teatro, da noi è pensiero. Infatti «la Presidentessa ebbe un esito enorme.

- Non faccio per vantarmi, caro amico, ma anche «la Presidentessa è roba mia!

- Felicitazioni! e vi prego di crederle sincere, perchè io considero «la Presidentessa come un esponente necessario del teatro moderno.

- Oh, questi son nonnulla che fabbrico per Parigi. Ne ho venduti a bizzeffe. Proseguite, vi prego, sul teatro italiano.

- Ebbene, vi ho già risposto: in Italia si traversa un'epoca di pensiero, il teatro è riproduzione della vita, quindi le platee sono addirittura sitibonde di pensiero... Figuratevi, per darvi un esempio, che da noi si rappresenta Ibsen, specchio di semplicità, come si metterebbero in scena gli oracoli della Sibilla cumana! È delizioso... e poi si rabbrividisce! Dunque, se ci possiamo intendere sul prezzo, io v'affido subito la commissione: vi prego solo di non seminarvi un ingegno che sia di troppo superiore alle mie forze, altrimenti ognuno potrebbe comprendere che non è cosa mia.

- Sentite, il prezzo per voi sarà questo: un terzo dei vostri diritti d'autore. Vi conviene?

- A meraviglia. Dunque mi fido a voi; scrivetemi quel che vi pare e piace, con l'avvertenza che amerei fare qualcosa di nuovo. Mandatemi, per esempio, un... cinquecento grammi di roba scritta, io vedrò poi secondo il momento se mi convenga di chiamarla dramma, tragedia, commedia, farsa...

- E perchè non rivista? Da voi, ch'io sappia, se ne fanno meno che altrove: sopratutto non si fa il mio tipo «articolo di Parigi. E con quel tanto d'aristofanesco che vi potrei cacciar dentro io, si rischia d'avere un bel successo.

- Buona l'idea! mi piace! Vada per la rivista, ma per l'amor del cielo trovate il mezzo di riattaccarla in un modo o nell'altro alla inevitabile tradizione... Che so io? per esempio alla tradizione della nostra Commedia dell'Arte, perchè in Italia, come vi ho detto, senza la tradizione, è tempo perso, non si conclude nulla.

- E siamo intesi! adesso lasciate fare a me. Caso mai non vi piacesse, me la rimandate, io la smercio altrove e per voi ne scrivo un'altra. Fra persone di mondo, il mezzo per intendersi c'è sempre! Solo abbiate la cortesia di ripetermi bene il vostro nome, perchè nel leggere il biglietto da visita ho avuta quasi la reminiscenza d'un casato che non mi tornasse nuovo.

Poi ebbe un lampo:

- Ma voi, - disse, - fate proprio il romanziere, non è vero?

- Sì.

- E scrivete anche romanzi?

- Sì.

- Ossia delle storie per lo più d'amore, che posson anche trattare di qualsiasi altro argomento, purchè si chiamino romanzi?

- Sì.

- È quello che volevo dire!... Io vi conosco, io vi ho letto, io vi trovo molto molto simpatico!

- Toh!...

- E dico: molto!

- Mi pare impossibile che abbiate letto i miei romanzi condannati all'ostracismo da tutta la critica più erudita e meglio pensante!

- Eppure così è! Uno almeno l'ho letto; ora vi spiego. Non conoscete voi per caso un certo signor... un certo signor...

Sebbene la strada fosse per intorno deserta e non si vedesse in qua dai cento metri che la goffa ombra d'una guardia municipale, Aristofane s'avvolse tuttavia di misteriosa cautela e mi soffiò quel nome nell'orecchio, a voce sì piana che quasi non l'udii.

Rispetto quindi gli scrupoli dell'ateniese.

- Questo amabile vostro poeta, - illustrò l'immortale, - ha scritto e scrive molte bellissime tragedie greche. Lo conoscete voi?

- Certamente lo conosco, mio caro cavaliere!

- Bene, tanto per illuminarvi, sappiate che tutte le sue tragedie le ho scritte io!

- Oh, guarda che bel caso!

- Proprio; ma statemi a sentire. Qualche tempo fa, mi arriva un suo telegramma: «Urge dramma greco terribile poco prezzo entro venti giorni. Per la barba di Saturno! avevo proprio su le spalle tutta la nuova stagione parigina, e rispondo: «Impossibile. Tempo insufficiente. Tragedie greche esaurite. Complimenti.

Il giorno dopo ricevo altro telegramma: «Provvedete indefettibilmente (- questo avverbio lo avrà pagato come due parole), ovvero perdete cliente.

Daimon! daimon! in commercio non si scherza! Mi misi le mani tra i capelli e telegrafai «Avretela. Scrissi al mio libraio d'Atene che mi mandasse tutta la più recente produzione libraria dei cinque continenti, in special modo quella dove si parlasse d'adulterio sotto tutte le forme più peregrine, e di delitto in ogni maniera più efferata, ossia quegl'ingredienti che sono ancor oggi, come al tempo degli Atridi, lo specifico infallibile dell'arte.

Dopo aver scartati cinque o sei libercoli per signorine, cinque o sei Tempietti di Venere per Aspasie morfinomani, la mano mi cadde sul vostro romanzo, che m'impensierì per il suo titolo. Pensai: - Un romanzo che si chiama «La vita comincia domani deve trattar di cose decrepite come la terra! Mi misi a sfogliarlo... e, per Ercole, ero a cavallo! Ecco la tragedia greca bell'e fatta, e fatta in modo che, con tre o quattro tagli della mia forbice classica, una spolveratura di quelle sapienti spezierie che sono il mio segreto di fabbrica, la tragedia riesca magari a cavarsela meglio che le altre. Detto fatto, in quindici giorni la tragedia era pronta e navigava su Francia. Egli fu assai lieto, mi pagò profumatamente, accompagnando il vaglia con una lunga e bella sua lettera, nella quale mi felicitava d'aver improvvisato con sì grande prestezza una irta e sonora tragedia greco-moderna, che andrebbe ad illustrarsi del suo nome verso i teatri di due popoli. E il poverello non sapeva, com'io non seppi fino ad oggi, di dovere a voi, proprio a voi, simpatico italioto, l'ultima e la più sciagurata fra tutte le tragedie greche! Sì, perchè io non vi adulo, caro amico: il vostro romanzo è una cosa disinvolta... ma fetida.

- Séguito ad essere sempre più della vostra opinione.

- Tanto fetida e tanto disinvolta, che può darsi un giorno o l'altro mi scriviate un bel libro.

- Ne sono certo anch'io.

- Un bel libro, con il quale forse non andrete alla gloria, a meno che non troviate la china dell'uovo di gallina, ma che insomma vi darà la soddisfazione intima dell'uomo fortemente allegro, il quale, con tutta licenza, abbia fatta una risata madornale e villana e libera su la faccia al mondo intero! Perchè questo, e nient'altro, è la vera arte: una risata.

- Per l'appunto, Cavaliere; una volta non pensavo così, ma ora sono di questo parere anch'io. Dunque, per concludere: posso contare su la rivista? e per quando?

- Verso il mezzo inverno, ma non prima, caro amico, perchè ho commissioni fin sopra i capelli.

- Non ho premura, purchè venga bene.

- Ci penserò per mare; su l'acqua infinita le idee s'allargano. E ditemi, visto che avete l'uso di scriver romanzi i quali si prestano mirabilmente a foggiarsi da tragedie greche o magari da tele per melo-drammi, poichè la ricetta è la stessa, non ne avreste qualche altro da mandarmi, caso mai mi trovassi a corto di materia per qualcuno della mia clientela?

- Per bacco, altrochè! Ne ho un paio d'altri, dai quali si potrebbe cavare a maraviglia una cosetta, per esempio, mistica, ovvero un paio di scene terrificanti per il teatro del Grand Guignol... Insomma io ve li mando, voi vedrete con la vostra esperienza se c'è qualcosa da fare, e cosa c'è.

- Non vi dispiace mica, è vero, che vi adoperi le vostre coserelle?

- A me? che diamine! anzi ve ne sono gratissimo! Purchè le diate, beninteso, a un autore di grido, essendochè voi capirete bene che «à tout seigneur tout honneur! e che quando per esempio si ha un'amante, la quale ad ogni prezzo debba renderci cornuti, nel rammarico inevitabile della scornatura fa sempre un certo piacere che almeno se ne vada in letto con una persona pulita. Vi pare?

- Sarà benissimo, poichè lo dite. Per conto mio, la donna vada in letto con chi vuole, non mi fa nè caldo nè freddo... Io sono rimasto greco in amore, greco d'ambo i lati, greco in ogni senso... e la donna, vi assicuro, la donna per l'amore non è che un palliativo!

- Oh, Cavaliere garbato e faceto, quali cose andate mai dicendo!

- Le cose d'Aristofane, delizioso amico mio, ch'eran vere al tempo d'Aristofane, e sembrami talvolta che vogliano tornar vere anche oggidì! Non vi pare lunga e dolce questa notte d'estate?... Non vor-reste narrarmi da presso, imprimere nella mia memoria, insinuarmi nell'anima un vostro romanzo vissuto?... E non è questa la fiera colonia focense, la primitiva e robusta Massalia che portò ai barbari, dall'ellenico mare, il nostro costume gentile?...

- Cavaliere anacreontico e scherzevole, sono doluto assai di non potervi compiacere! Io sono rimasto profondamente barbaro, barbaro d'ambo i lati, barbaro in ogni senso... e la donna, vi assicuro, la donna per l'amore sarà un palliativo, sta bene... ma è ancora l'unico!

- Oh, divina babbuaggine di questi moderni, che hanno portato la retorica persin nell'amore!... Vedo pur troppo che c'è fra di noi tale opposizione di principii, che il mio buon senso mi dice: - «Aristofane, compatisci quest'onagro e non insistere! - Così entriamo, se volete, nella maledetta sciampagneria!

Vi rimanemmo sino al mattino, celiando e trastullandoci con le carezzose danzatrici, attente quanto mai al rilucere delle mie piccole monete d'oro. Aristofane, da buon greco, non ne trasse fuori manco una. Poi verso l'alba ce n'andammo per separate strade, Aristofane con un agile ballerinetto che non professava i miei costumi barbari, io con la sorellina di costui, una brunetta di Montpellier, che forse non li professava manco lei.

L'orribile vetturino, panciuto e con la faccia vinosa, schioccava di frusta gridando lazzi alle pescivendole mattiniere; su la città marittima nasceva un giorno quasi biondo: il Prado si avventava contro il mare indolente con un grande ringiovanire de' suoi alberi antichi.

Ora, verso il mezzo inverno, Aristofane mi ha mandata la rivista... Ho pensato meglio di non farla rappresentare, ma invece la pubblico tal quale.

G. d. V.

27 Febbraio 4.

Gli Uomini; le Donne;
il Cavaliere dello Spirito Santo;
il Fato Moderno;
l'Orchestra in sordina;
la Città.

Giorno di sole o d'ombra, di bufera
o di pace.

Si apre la giornata.

(È Compare della Commedia il Cavaliere della Films, Comare la bellissima etèra Meridiana. Improvvisa la Commedia un solo e sconosciuto personaggio, il Cavaliere dello Spirito Santo, che siede mascherato nella nicchia del suggeritore.
Il Compare o la Comare annunziano dalla ribalta i personaggi.)

Lo spegnitore di lampioni:

Ogni notte, quand'è verso quest'ora, cápita fuori il giorno. Bei ragionamenti! Non è certo possibile che una mattina per caso ricominci a far buio!... La vita è regolare. Peccato, perchè alla lunga se ne prende l'abitudine e secca di morire anche quando s'è in miseria.
Sono vecchio, vidi molte cose; dopo l'olio venne il gas, dopo il gas la luce elettrica; rimane in piedi qualche decrepito lampione, ma sembra un lumino da morto nel mezzo d'un cimitero. E cosa verrà dopo? I mestieri d'una volta vanno dolcemente a farsi benedire; adesso per campar la vita bisogna che un povero cristo ne sappia quasi come un professore d'Università.

Il professore d'Università:

A torto vi lamentate, buon uomo! Volete ascoltare le mie lagnanze? Ho sposato un mostro con la speranza d'avere almeno una donna di casa. Invece mi ha partorito ben quattro figli pestiferi e da vent'anni in qua non riesce che a farmi sudar bile. Per conto mio, mi sono digerita l'Enciclopedia Universale: so tutto e non capisco niente. È una bella commedia anche il Sapere! Fra un'ora, nonostante i reumatismi, devo trovarmi all'Ateneo: ho duecento imbecilli da rendere più imbecilli che mai. Senza dubbio l'ultima parola di tutti i sistemi filosofici è un sillogismo che si chiama: lo Stipendio. Mia fi-glia, futura professoressa in belle lettere, oggi vuol imparare il tango.

Il maestro di tango:

Fra tutte le definizioni che si vollero dare dell'uomo, credo che ancora non si sia trovata la giusta. Secondo me l'uomo è un animale che vuol ballare. Vuol ballare a tutti i costi, anche quando la sua struttura non glielo consente. Il ballo è un tentativo di bellezza ed è uno sfogo di vanità; se un

11

professore di tango sapesse descrivere tutte le cose ridicole che ha vedute, farebbe senza dubbio un grande capolavoro.

A Rosario di Santa Fè scopavo la sala d'un maestro di scherma; venni a Parigi, ed una sera qualcuno, - anzi era una venditrice di sè stessa leggermente morfinomane, - scoverse che «ho la linea... Feci fortuna con rapidità, - (si capisce: cinque luigi all'ora!) - e adesso godo buon nome fra quei burloni di Montmartre che hanno inventato il tango argentino.

È un secolo il nostro, nel quale sopratutto si fa fortuna coi piedi.

L'aviatore che ha fatto il cerchio della morte:

Sopratutto coi piedi in aria, caro Professore! Ai battaglioni d'Affrica faceva caldo; lassù fra le nuvole si gela. Il mestiere che ho scelto è quello di potermi rompere il collo ogni due secondi, per dimostrare quanto sia capovolgibile un apparecchio Blériot. Ma le «back-fische di Berlino m'hanno scritte in compenso molte lettere d'amore; questo fa onore alla Francia, ch'è il paese più eroico del mondo. Volete sapere la mia storia? Un giorno stavo precipitando a capo fitto, quando un colpo di vento filantropico mi raddrizzò l'apparecchio: avevo compiuto il cerchio della morte. Mi venne l'idea che si potesse farlo anche apposta... La celebrità è un caso fortuito.

*

**

(Mentre la Città rabbrividisce mirando per l'alto spazio le impennate su l'ala, i cerchi di morte, i voli a capopiè dell'acrobata prodigioso, il Compare, Cavaliere della Films, guida la bellissima etèra Meridiana verso l'aula Magna dell'Ateneo, dove una tesi elegante sarà controversa fra Classico ed Avvenirista.)

Entra il Dialogo
fra il Classico e l'Avvenirista:

- Tu, Boezio, credi nel passato, io nell'avvenire; questa è la differenza. Ti piacciono i libri che paion scritti da un greco blenorragico o da un romano scrofoloso; hai tanta muffa su la tua pelle di cartapecora, quanta una conchiglia marina. Il bello che tu ammiri è ciò che parve bello una volta; l'età dell'oro per il tuo spirito, è quella già consumatasi nei forni crematorii del progresso, e che non allunga più nessuna propaggine verde, nessun ramoscello in fiore, nella nostra presente vita.

- Per la barba di Giove, o novoparlante Edison, hai detta quasi la verità! Deh! non rinnovelliamo le nostre invano controverse accademie! Non farete mai d'un classico persona che finisca in «oide, ovvero in «ista, ovveramente in «ano, come a voi piace di sentirvi denominare. Non l'Inamovibile, bensì l'Indistruttibile siamo! Le Decadenze portano voi; noi portano i Rinascimenti, E il propileo del Tempio greco, al pari della georgica di Virgilio, sono immortali come la vita, per quanto voi ci proponiate architetture da far gracidare le rane di Aristofane, od esametri frantumati e claudicanti, come i laiti sconnessi d'un bimbo che in sogno veda Belzebù!

- Boezio, nell'anima tua stalattitica e scatarracchiante, la goccia mortale dello stillicidio sarà sempre un rumore più costruttivo, che il peana dei torrenti da noi lanciati nelle nostre turbine! Che tu me lo

12

dica è ozioso, perchè so bene quanto il terrore della parola magnifica: distruzione, ti faccia tremare come una foglia gialla. Voi avete il brivido solo nei cimiteri; noi negli arsenali, nei laboratorii, nelle piazze, dove convulsamente si fabbrica la vita di domani! Per voi è grande l'arco di Traiano; per noi la dreadnougth superterribile che scivola giù verso la battaglia, infiammando lo scalo, e buttandosi nuda con impetuosa lussuria su la potenza del mare! Non importa che ridano le ranocchie di Aristofane! Ridono anche le nostre eliche furenti, quando passano come vorticose meteore sui vostri cranii classici! sui vostri cocuzzoli divenuti calvi nel compulsare i manoscritti che scelleratamente non bruciò il sublime incendio d'Alessandria!

- O novoparlante Edison, le tue folgori non incendieranno pertanto i nostri calmi e colmi granai! Urlate, urlate al novo del mondo! squassate, squassate fiaccole incendiarie! I vostri baccanali han sempre l'animo inespresso d'atteggiarsi a Convito, ma l'agape novella si compone di pessime vivande; le driadi vostre sono facinorose prostitute che nelle feste dionisie vanno intorno cercando di gabellarsi per Muse. Voi raccogliete gli amígdali della nostra cena, e vi pascete con avidità di quello che destinammo per il cane di Alcibiade. Costui pure fece una bella novità, mandando in giro per Atene il suo molosso con mozza la coda; e posso dirvi, ameni Erostrati, che vi sono molte innovazioni le quali somigliano a pennello, non tanto alla facezia d'Alcibiade, quanto al pezzo di coda che il suo molosso perdè.

- Boezio, non guastiamoci il sangue... Sarebbe assai peggior causa batterci per la coda del cane che non per i begli occhi d'Elena di Sparta! Poichè, se nessuno ascolta, confessiamoci d'una cosa tutto quello che uomo fa, classico ed avvenirista non lo fa sempre a spada tratta per i begli occhi d'Elena di Sparta?

- Sì, veroparlante Edison; da un rabbuiato esordio hai tratta limpida conclusione: sempre l'antico e 'l novo battagliano a cor fenduto, a lancia dritta, per gli occhi belli d'Elena di Sparta.

*
**

(Rallegrati assai per l'ammenda onorevole ch'entrambi fecero i due beffardi competitori, di buon animo ritornano il Compare e la Comare traverso le vie che riboccano d'una fervidissima vita in quell'ora piena d'opera e di forza che brilla su la Città mattutina. Quivi entrano a far compere in un negozio, là s'indugiano ad ammirare qualche spettacolo della strada; or si dilettano di seguir passo passo una coppia loquace, ora, incontrando persone di conoscenza, ristanno piacevolmente a conversare.)

Il parrucchiere da signora:

Adesso anche le contadine portano capelli finti. Sono parrucchiere da signora ma tuttavia non mi manca un granello di filosofia: questo è proprio il secolo dei capelli finti, delle pietre false, dei fiori di stoffa e dei fuochi artificiali. Quand'è l'epoca dei balli di beneficenza in poche ore devo mettere la testa in ordine a tutte le signore della città. Non è facile, vi assicuro che non è facile. Inoltre mia moglie è gelosa. Perchè ho preso moglie? In gran parte, perchè il negozio aveva bisogno d'una manicure, così alle unghie delle clienti pensa lei. Veh! la bella combinazione: mio fratello fa il callista, mio suocero l'ortopedico, mia cognata la «masseuse, mia zia la levatrice, mio cugino l'assicuratore... posso dire in coscienza che siamo una famiglia la qual lavora su la pelle del prossimo! E non fan tutti così?

13

Il filantropo:

Certo, carissimo parrucchiere! Me compreso che dò la mia pelle per il prossimo e sono un maniaco dell'altruismo. Là dove si ride, io non sono punto necessario; se non paresse un controsenso, vorrei dire che mi sento profondamente felice solo quando cápita, che so io? un naufragio un nubifragio una pestilenza, quando lavora il capestro o la ghigliottina, quando corrono le lettighe della Croce Rossa, quando scoppia un massacro o isquallidisce una carestia. Perchè il male degli altri è il mio mestiere: sono un filantropo, cioè un uomo che ha bisogno di veder soffrire.

La ragazza da marito:

Voi dunque potreste provvedermi uno sposo, ch'io soffro quanto mai d'esserne senza. Oggi purtroppo i giovini signori parlano prima col nostro banchiere che con noi. Quel parrucchiere diceva: Perchè ho preso moglie? Io mi domando: Perchè le ragazze non possono far a meno di prender marito?

La suffragetta:

Ve lo spiego subito, carina... perchè disprezziamo ancor tanto noi stesse da credere un uomo indispensabile alla nostra felicità. L'uomo è la creatura sopraffacente che per secoli ci ha premute sotto di sè! Baie! Non vogliamo più essere suppellettili! È finita l'epoca dei soprusi. Carina, venite con me su la piazza e grideremo ben forte! così forte che sappiano finalmente cos'è una donna quando grida! Perchè finora il torto di noi donne fu di starcene troppo zitte.

Il prete:

Signora suffragetta, è un bel pezzo che non venite a confessarvi; questo non mi piace. Sono disposto ad ammettere anche le vostre bizzarre idee, ma la Chiesa innanzi tutto! Sono disposto ad ammettere tutte le innovazioni, di qualsivoglia genere, purchè la Chiesa, cioè il prete, vada innanzi tutto. Per noi, pur troppo, soffia un vento di Fronda, e viene dalla Francia cattolicissima dove ci hanno derubati. Ma San Pietro è grande: la Francia se ne pentirà. Intanto noi ci preoccupiamo di gridare il crucifige a quell'oscena danza che si chiama (segno della Croce) il tango!
Devo confessarmi d'un peccato grave: sere fa mi son messo in abito secolare, con un po' di nerofumo su la tonsura, per appagarmi la curiosità satanica di veder ballato questo ballo in un luogo da saturnali... ma... devo essere schietto? speravo meglio, speravo meglio, dico la verità!
Sono i giornalisti che fanno la campagna, e forse tra poco verrà l'Enciclica: «Noli tangere.

Il giornalista:

Per questa calunnia, venerabile prete, vi potrei facilmente denunziare all'Opinione Pubblica della quale sono il fabbricante, ma invece vi perdono da buon cristiano. Per conto mio sappiate che sono la tromba e non il trombettiere. Anch'io pur troppo devo ubbidire alle maggioranze, sopratutto alle maggioranze d'azionisti e d'abbonati. L'uomo che spende un soldo ha il diritto di confutare le nostre opinioni, e noi dobbiamo illustrare con molta varietà la vita ch'è monotona. Ogni giorno mettiamo in vendita qualche pagina di storia... la fabbrichiamo, si capisce! Credete voi che la storia succeda tutti i giorni? e sia quella che si chiama storia? Manco per ridere! La storia, sono i banchieri.

Il banchiere:

Per essere franco, io faccio solamente una cosa: i miei interessi. Può darsi che le nazioni faccian altrettanto, per il che si chiamino storia i bilanci attivi e passivi dei popoli.

Mi si accusa di speculare con il denaro altrui, ma in confidenza, cari amici, volete una definizione commerciale? Si chiama denaro la carta monetata che ingombra le tasche del prossimo, e risparmio, cioè moneta fuori corso, quel rame che abita presso di noi.

D'altronde, se accumulo ricchezza, non ho il tempo di goderla; se cerco il tempo di goderla, non ne accumulo più; adesso che son divenuto ricco, soffro di gotta e non digerisco niente; mio figlio è un fannullone libertino, sperpera quel che ho preso e lo rende alla società. Il denaro, fra gli uomini, è un fiume che non si ferma.

Mentre intorno al Palazzo della Borsa ferve con accanimento l'urlìo degli speculatori, il Compare, Cavaliere della Films, vede un povero cenciaiuoio che bestemmia, seduto sui gradini dell'Ospedale. Si sofferma, e gli fa l'elemosina)

Il cenciaiuolo:

Pregherò per i suoi morti, buon Signore! Guardi: ho la gamba gonfia come un barile! ci vollero tre ore di spasimi per trascinarmi fino all'Ospedale; ma dall'Ospedale m'hanno espulso perchè dicono che son nato fuori dal Comune. Santa Maria! che bel talento aveva mia madre, a non sapere nemmeno fin dove arrivasse il dazio!

*

**

(Frattanto la bellissima etèra Meridiana interpella su questo caso il medico di guardia).

Il medico:

Ha ragione, Signora, ma se gli ospedali dovesser ricevere tutti quei poveri diavoli che ne han bisogno, cáspita! la Città non sarebbe che una sterminata infermeria. Poi, c'è un errore: la gente crede che noi si faccia il medico, non tanto per sbarcare scientificamente il lunario, quanto per un apostolico amore dell'infermità... Pregiudizî!

Il medico ha un ideale, che si chiama la scienza, ed uno scopo, che si chiama la carriera, ossia l'onorario. L'essenziale non è per ora che i malati guariscano, bensì che sovr'essi la scienza indaghi l'indole delle malattie. Non bisognerebbe mai fuorviare le questioni dalla loro linea giusta: per noi l'ammalato, il vero ammalato, è il nostro cliente, quegli, per esser espliciti, che paga; - gli altri sono pazienti, ossia gente che deve aver pazienza ed aspettare che la natura li guarisca.

(Di lì partendo, Compare e Comare traversan per isvago un ammirevole giardinetto pubblico dove si trastulla e canta e corre, giocando con le palle, un coro leggiadro di minorenni traviate. È il tempo gaio del mattino che le fanciullette mandano più lontano il trillo delle fresche lor voci; la serenità e l'innocenza dei giochi allettevoli ai quali si danno seduce grandemente l'animo della bellissima etèra Meridiana.)

15

Entra il Coro delle Minorenni Traviate:

(Nell'Orchestra, cavatine a pizzico, arioso ventoso, andante appassionato).

... quel giorno soffiava sì forte,
che la gonnella s'alzò...

Chi soffiava era il vento, e noi lo sentivamo venir su per le gambe, curioso, curioso...
Nelle giornate di vento, sarebbe meglio non lasciar la mano della mammina, perchè nelle giornate di
vento è molto facile cadere... sì, cadere su l'erba, o cadere dovecchessia...
Badate, bambine piccine, alle giornate di vento!
E adesso camminiamo su la punta dei piedi, per non svegliare la mammina... La mammina dice
sempre: non voglio vedere su la veste nè pieghe nè fili di paglia...
Però, tra le nostre mammine, ve ne sono alcune, anzi molte, che ci hanno spiegato cos'è «il vento, ed
hanno aperto la mano... per lasciarci prendere la piega dei fili di paglia...
Noi siamo bambine piccine, con la boccuccia rossa, il nasino volto all'in su...
Giochiamo ancora con le palle coi volani e con le bambole, ma qualcuna di noi deve regalare le sue
bambole al suo fantolino piccino... qualche altra invece, più birichina, preferisce... rompere la bambola prima che venga al mondo il fantolino...
E la mammina dice: - Come siete cattive, le mie bambine! Mai non fate durare una bambola neanche
nove mesi!... Ah, birichine!
Tutte noi, siamo persuase che mai più saremo buone, mai più felici, e che il vento sia la rovina delle
bambine piccine, ma...

... quel giorno soffiava sì forte
che la gonnella s'alzò.

*
**

(Le osserva con sollazzo un amabile deputato, il quale in men che meno lega discorso con una fresca
ballerinetta, la quale parla come danza e danza come gioca al volano, il che varrebbe a dire con agili-
tà.)

Il deputato:

Ma no, piccina mia, cosa dici? È uno scherzo! figurati che bella indennità: neanche venti lire al
giorno! meno di quello che guadagni tu... e dico ballando!

La ballerina:

Eh, caro onorevole, anche per noi volgono tempi tristi! Perchè il pubblico del giorno d'oggi è fatto in
massima d'intellettuali, e non basta più ballare su le punte: bisogna che le punte esprimano qualcosa. Ora, capirà, sono entrata nel corpo di ballo che avevo nove anni, ed a quel tempo chi poteva
immaginarsi che verrebbe di moda la testa di San Giovanni Battista e l'epilessia di Salomé?

Lei si lamentava, onorevole, perchè la sua paga è inferiore alla nostra; ma infatti ha meno da fare, e soprattutto meno spese. Con una marsina, Lei fa la sua bella figura; io, caro onorevole, se non esco in pelliccia e non m'affibbio un paio di paradisi, povera me, sono bell'e perduta! Quando si dice ballerina, sembra una parola che debba mettere allegria... sapesse invece com'è triste il mio mestiere! Ci sfruttano finchè valiamo qualcosa, poi ci buttano via come una sigaretta spenta. Abbiamo una mamma che ci alleva male, un amante che ci tratta male, molti ammiratori che ci pagan male, un'orchestra che suona male, un'affittacamere che ci... creda a me, caro onorevole, tutto male!

L'affittacamere:

Vede, a casa la mi chiama zietta, e qui mi calunnia! Passavo, e la sento che ciarla su di me; allora vorrei dire soltanto questo: che quand'ero giovine facevo anch'io la ballerina...

*
**

(Di lì, vanno il Compare e la Comare verso una passeggiata piena di bella società mattiniera, ove tra gli altri camminano lato a lato un irresistibile ufficiale di cavalleria ed una signora molto elegante. Un'automobile dai vetri lucidi come specchi li segue a piccoli tratti lungo il filare d'alberi; per il viale s'incrociano pariglie dalle collane candide con motori che fremono di velocità contenuta; sotto gli alberi è tutto un chiacchierìo di dame con dami e d'istitutrici con bimbi; per il galoppatoio passano caracollando manipoli di cavalieri.)

L'ufficiale di cavalleria:

Il prestigio dell'uniforme? Che mai, Contessa! Ora si grida volentieri: - abbasso l'esercito! I borghesi ci applaudon solo quando c'è la sommossa in piazza o qualche torbido alla frontiera; non vogliono saperne di spese militari, però critican tutto e vorrebbero avere un esercito potente.
Lei sa che noi facciamo il mestiere di andare alla guerra... questo forse varrebbe la pena d'una certa considerazione, da parte di coloro i quali non vedranno la morte se non sotto la forma d'un aneurisma o d'un'indigestione. Insomma, se suona la carica, io vado avanti! mentre per i borghesi, tutte le fanfare suonano, ahimè! la ritirata! Non escludo che sia ragionevole, ma, che vuole?... non è molto militare! Noi siamo ancora quelli che sappiam vivere con un'idea diversa dal denaro: appunto per questo dovrebbero darcene un poco di più.
Cosa ne dice Lei, Contessa?

La signora elegante:

Caro tenente, io le dò mille ragioni. Per conto mio sto con la divisa. Tutte le signore del mondo hanno avuto nella loro storia un tenente di cavalleria; e guai se la donna futura disimparasse questa piccola passione per il tenente di cavalleria. Non c'è nulla che rappresenti l'uomo come il tenente di cavalleria; un capitano, non è per adularla, ma vale già molto meno.

Si parla dei nostri destini, è vero? Ebbene guardi: io sono venuta al mondo per fare la signora elegante; non ho altro scopo che di fare la signora elegante. È uno scopo frivolo, se vuole, ma necessario; la mia sarta ha bisogno di me com'io della mia sarta; il gioielliere mi considera come una vetrina, - e sono infatti la vetrina della frivolità: Non ho mai ritenuto che il piede fosse fatto per camminare, ma per esser piccolo e per calzarsi bene. Del resto in ogni donna v'è una particella di quel che sono, perchè noi dobbiamo innanzi tutto piacere... eh, sì, piacere! L'operaia vi riesce con un nastro, io devo trascinare su lo scalone del mio palazzo una pelliccia di cinquantamila lire: ma è la stessa cosa. Noi donne abbiamo il dovere d'esser belle anche quando siamo brutte, e questo dovere è così forte in noi che non si chiama frivolezza nè lascivia, ma solamente femminilità.

Ho due bei bambini che sembrano due piccole stampe inglesi; un marito autorevole con la sua bella barba grigia, e, com'è naturale, un amante clamoroso. Ho detto «naturale... via, non si spaventi! perchè se pure non l'ho, il mondo «vuole ch'io l'abbia, ed è «naturale che il mondo voglia farmi avere un amante!

Così, Lei non deve domandarmi se sono felice... il mio mestiere è d'essere bella, non d'essere felice.

*
**

(Ma un velario di nuvole scende su questa primavera elegante, mentre già di lontano risuona l'eco d'una festevole canzone.

Dice il Compare, Cavaliere della Films:

«Nobili Uomini, Dame Compiute, questo canto che giunge a noi da quasi tutte le abitazioni della immensa Città, è la marcia nuziale di quei mariti che vanno insieme con il Fato Moderno, ed han presa l'onorevole decisione d'accettare l'inevitabile come un fatto compiuto. Sono i mariti più evangelici del mondo, perchè hanno detto all'adultera: «Se tu rimanessi per avventura senza peccato, io ti scaglierei la prima pietra!

E l'adultera non disubbidì.)

Entra il coro dei Cornuti Felici:

(Nell'Orchestra in sordina, tempo di ballabile gaio, modulato sui corni.)

Tu sei quel che fui
e sempre siam tre:
nè lei senza lui
nè voi senza me.

Noi siamo l'istituzione più antica del mondo, e siamo i capri espiatorii dell'iniqua letteratura.

Evoè, Bacco, evoè!

Beviamo a Don Giovanni Tenorio! beviamo all'eterna Peccatrice! beviamo ai Cornuti nostri simili, che han riso volentieri degli altri e meno volentieri di sè!...

La Ronda è la Triade Gioconda, che serve per servi e per re...

Noi siamo i Cornuti Felici! Evoè, Bacco, evoè!

Nei tempi antichi, per una infedeltà si distrussero imperi; l'adultera conobbe il rogo la ruota il capestro la gogna; fu immersa nel fiume cucita in un sacco, e ignuda, sovra un caval brado, fatta cavalcare a ludibrio per le vie della città.

Così facevano i servi; così facevano i re;
la Donna è la donna degli altri... Evoè, Bacco, evoè!

Nei tempi antichi si amava la vendetta; oggi, più cristianamente, si ama il perdono. V'è ancora qualche nevrastenico, ma l'uomo ha compreso dopo una ribellione secolare, che le disgrazie universali e perpetue son quasi una felicità. Non di rado inoltre, la moglie adultera è la consorte più affabile che ci sia; rende la vita piacevole, mentre una fedele, per vendicarsi della sua fedeltà, l'avvelena.
Cucire la propria moglie in un sacco, è oggi severamente proibito, come non sarebbe forse una vendetta esemplare quella di mandarla per le vie del tutto nuda, - e sebbene a cavallo, - dal momento che seminuda è già quand'esce per le strade, come suole ogni giorno, a piedi.
Spiegano i medici che il microbo d'ogni più funesta epidemia finisce con diventare innocuo, forse benefico, nelle vene dell'uomo; sono i pretesi cicli delle grandi malattie. Con tutta rassomiglianza, il microbo del male di Menelao che dava sintomi di rabbia canina, pare ormai si vada calmando e voglia vivere in pace, come un utile, casalingo abitatore delle nostre vene acclimatate. Ma siccome flagello non muore, senza che più grande gema, così vedremo le sorti capovolgersi, e nella triade immortale, due saranno ancora felici, un terzo ne farà le spese, per il piacere insignificante di chiamarsi: «Lui!

Cornuto non sei,
ma io men di te:
nè tu senza lei,
nè voi senza me.

*
**

(Quivi Compare e Comare trascinano alla ribalta, nonostante le sue riluttanze, un conferenziere di grande fama, il quale sotto il fragore dei battimani s'immodestisce quanto può. Nel ritrarsi, dopo iterate ovazioni, egli fa brevi confidenze al proprio segretario, mentre un anarchico fra i più temuti arringa bollentemente la sala.)

Il conferenziere:

Ho la parola facile, senza dubbio, ma non so mai bene su quale argomento mi convenga parlare. Vero è che non occorrono idee per tenere una conferenza, come d'altronde non occorrono per scrivere, per filosofare, per governare, per niente insomma. L'importante è la Parola: idee se ne trovano sempre. Ma quando c'è una platea che m'ascolta, io la faccio ridere o piangere come se aprissi un rubinetto dell'acqua fredda o calda, a volontà. La Parola è tutto nel mondo, perchè infatti contiene le idee; gli uomini che seppero parlare fabbricarono la vita, e dalle loro parole quelli che tacquero inventarono le idee.

Mi sembra di aver detta una cosa profonda, perchè, a ben esaminarla, come tutte le cose profonde non significa niente.

L'anarchico bombardiere:

O popolo, fantoccio di sego, mucchio di letame!... la società è un porcaio, le forme di governo sono apparecchi di tortura, i preti son l'ultimo animale antidiluviano che deve sparir dal globo: la rivoluzione è il respiro della vita! Io fabbrico la bomba, ossia trovo il mezzo di rendere davvero efficace un'idea; ma sono persuaso che per mutar l'ordine delle cose bisognerebbe dinamitare tutta l'umanità. Bombardo quindi per la grazia di Dio; bombardo con lo scopo infernale che il rumore della mia macchina faccia tremare le invetriate della storia!

*
**

(Quivi il Compare, Cavaliere della Films, prega la Comare, bellissima etèra Meridiana, che non trascuri di giocare al lotto, poichè spesso la fortuna entra nelle case come i ladri, e noi talvolta la perdiamo per aver messo troppe serrature. Così giungono ad uno di quei tenebrosi botteghini, dove asseconda e trastulla i sogni del suo popolo questo affabile Governo italiano. Là incontrano svariati personaggi.)

L'impiegato del lotto:

Come dice, signorina? Se i suoi numeri sono buoni? Mi pare di sì, mi pare di sì!... Hanno un vantaggio su gli altri, sa quale? Che li scrivo con il desiderio di farla vincere...
Oh, non rida! e sopratutto anche lei desideri con molta, con moltissima forza di vincere, perchè sono persuaso che in tutte l'estrazioni a sorte, nel lotto come nella vita, non sia la fortuna che decide, ma il desiderio più forte!
Ho scritto migliaia di numeri, e mi può credere... Senta: quando il bambino bendato mette la mano dentro il sacco per pescare il numero, vi sono migliaia di volontà che tentano d'afferrargli il polso, ma ve n'è una, la più furiosa, la più disperata, che lo guida. E sorte non c'è. Ora mi ripeta i suoi numeri, bella signorina; 29, poi?...

Il contorsionista:

Lei è una maestrina elementare? Io un contorsionista. Sicuro, proprio! Aspettando il comodo del signor impiegato, le racconterò che lo scheletro è un'opinione; se ne fa quel che si vuole. Per vivere ho dovuto riuscire a cacciarmi la testa fra le gambe in guisa da baciare la vertebra dove gli uomini antichi avevano la coda; faccio la spaccata intera e mi gratto la spalla destra con la scapola sinistra; mi gonfio come un mantice o divento sottile come una biscia. La sola cosa impossibile è di non mettersi ogni giorno qualcosa nello stomaco. Sono così slogato che ho paura di perdere una gamba od un braccio quando cammino; del resto poco male: nella cassa da morto avrò il tempo d'irrigidire. O anche se vincessi al lotto, non le pare?

La maestrina d'asilo:

I miei numeri sono: uno, due, tre; perchè vede, in tutte le cose io sono rimasta all'a-b-c... La vita degli altri, i bambini degli altri... e vengono i capelli grigi. Che fare? piangere, no; sorridere, nemmeno; continuiamo: a-b-c...

La serva della favorita del principe reale:

Eh, sì! Cento lire su un terno! Proprio! La mia padrona è, come potrei dire?... la principessa del Principe Reale! Sicuro, e mi ha detto: - va a giocare queste cento lire perchè Nostra Altezza ha sognato un terno.
La mia padrona mi fa ridere quando mi dice: - non so mai se devo chiamarlo Vostra Altezza o mio Peppino: mi confondo.
E io l'avverto: - basta che non si confonda col nome d'un altro!...

L'automobilista:

Non c'è niente che somigli alla distanza come una strada. Quando il motore turbina e lo spazio vola, sento che il mio cuore potrà sempre correre più veloce che la più furibonda strada!
Frattanto gioco i numeri della vettura che ho investita.

*

**

(Ora, fervendo accanitissimo nella città il lavoro delle aziende private o pubbliche mentre appena si desta con larghi sbadigli l'inoperosa beatitudine dei fannulloni, Compare e Comare guidano al proscenio due comitive di costoro, nonchè molti personaggi radunati avventiziamente.)

Entra il Coro degl'Impiegati:

(L'Orchestra in sordina zoppica e raglia come l'asino bendato che gira intorno al pozzo).

Il nostro Santo Patrono è il 27 del mese!

Noi siamo la macchina da lavoro, forte, monotona, paziente; qualche volta la somma nostra opera è un'attribuzione così elementare che non basterebbe neanche ad un cavallo. Solamente il cavallo non

avrebbe mai la costanza di continuare a compierla. Siamo davvero i mediocri, e per questo alcuno
vuole che noi si tocchi da più vicino la felicità. Non è vero.

Il nostro Santo Patrono è il 27 del mese!

Entra il Coro dei Fannulloni:

(L'Orchestra dondola e si bea, con lievi sbadigli, come un uomo in panciolle.

Noi facciamo girare il pollice destro sopra il sinistro;
sotto il sinistro il destro.

La nostra occupazione è quella di far niente, cosa che molto spesso affatica. Pur non facendo niente,
si riesce a variare il genere della cosa che non si fa. Inoltre, per strano che paia, la nostra è l'occupazione più naturale all'uomo.
I Pensatori che sono arrivati all'apogeo della comprensione umana trovarono che il meglio fosse non
far niente. A questa verità sublime i Pensatori son giunti con molta fatica; noi l'abbiamo trovata sùbito.
In ultim'analisi, l'ideale d'ogni uomo che lavora, è quello di potersi un bel giorno concedere il lusso
di non far niente. Chi meno lavora è più stanco; per voi che lavorate, la vostra fatica diventa una pace;
per noi che non facciamo niente, la nostra pace diventa una fatica.
È un mestiere anche il nostro, sebbene il prossimo non se n'accorga. Non crediate che bisogni esser
molto ricchi per non far niente; anche il poverissimo può non far niente. Basta che voglia; è questione di carattere. V'è una gioia grande nel pensare che si potrebbe fare la tal cosa, mentre non la si fa;
una gioia più grande nel vedere che gli altri sudano e dimagrano, mentre noi si vive in quiete.
Se davvero, come raccontano, il capitale fosse lavoro, mezza umanità sarebbe già morta di fame.
Invece siamo indistruttibili, e Carlo Marx ha detto una bugia.

Noi facciamo girare il pollice destro sopra il sinistro;
sotto il sinistro il destro.

L'ex-garibaldino, repubblicano, mazziniano,
e ciononostante cavallottiano:

La repubblica è quella forma di governo per la quale tutti gl'imbecilli possono arrivare al potere
supremo. Se ci arriva un uomo d'ingegno, o sale al trono o finisce su la ghigliottina.

La bustaia:

Guai, guai, guai se gli uomini vedessero quel che vedo io!

L'attore:

Ho imparato a muovermi a ridere a piangere, a sospirare, ad arrabbiarmi, a disperarmi, a uccidere, a morire; ho imparato con molta fatica tutti quei gesti che l'uomo normale compie con spontaneità; ma fra l'attore e l'uomo normale corre appunto questa differenza: che il primo cerca sempre di parere un uomo normale, mentre l'altro fa del suo meglio per essere un buon attore.

Il giudice:

Ragione? parola ermetica e proteiforme chiusa nel più satirico poema della letteratura umana. È un lirismo aver ragione, com'è un paradosso aver torto.
Se così non fosse, a che mai servirebbero gli avvocati?

L'avvocato:

Servono così poco, Eccellentissimo Presidente, che nessuno fra noi si riduce a far soltanto l'avvocato: uno si occupa di politica, l'altro di giornalismo, il terzo specula, il quarto fa il cantante, il quinto scrive drammi, dieci tengono agenzie, trenta fanno l'assicuratore, migliaia quel che capita, e gli altri, che sono la maggioranza, - non fan niente.
Perlocchè, Presidente Eccellentissimo, noi si vivrebbe a meraviglia, se anche Lei scoprisse dopo tanti secoli quel corpo semplice che si chiama Ragione!

Il cantante:

Ho la voce d'oro! Sono il più gran tenore vivente! Non è merito mio: l'ugola! Oh, l'ugola! Guai se mi cadesse un pulviscolo su le corde vocali! Quanto mi fanno pena gli uomini che non hanno voce! Come dev'essere miseranda la vita senza una bella voce! Non potersi godere il delirio delle platee! l'applauso frenetico di tremila spettatori che non fanno con seimila mani tanto rumore quant'io ne faccio con un do!
Sicuro, le donne mi scrivono bigliettini profumati!... Carucce! poverucce! come siete buonine! Vi piaccio? si sa! una voce d'oro! un bel corpo! Quando sono in scena, osservo che mi guardate le gambe!
Oh, le parti nelle quali posso mettere una maglia attillata, un bel cappello di piume! Diecimila lire per sera a New York; a Messico mi hanno staccato i cavalli, e quando sbarco a Buenos Aires la banchina è una foresta di fiori! Cantare... ecco lo scopo della vita, cantare! Uh!... chiudete quella finestra! L'ugola, per amor del cielo!
Come dite, Compare? Una serata in presenza dell'Imperatore di Germania? Peuh...siii...vediamo: quanto mi si offre?
E tu, Meridiana caruccia, domani alle cinque, se vuoi... Ti farò telefonare dal mio segretario.
Oh, l'ugola! Una sola cosa non comprendo: come possa la gente andare nei teatri dove non canto io.

*

**

23

(Quivi, il Compare fa stendere su l'avanscenio gran copia di soffici tappeti e morbidi cuscini damascati per riposare la stanchezza della bellissima etèra Meridiana, che mollemente vi adagerà le sue voluttuose membra. A tal fatica intende una schiera di personaggi che fanno da valletti con mansuetudine, quantunque nè d'abito nè di sembianze paiano venuti al mondo per servire. Compiuta l'amabile fatica, e ciò volendo il Cavalier Compare della Films, questi buoni diavoli andranno in cerca senz'ordine di molte maschere, le quali possano leggermente far sorridere l'ozio della bellissima etèra Meridiana.)

Entra il Coro dei Buoni Diavoli.

(Nell'Orchestra una sinfonia di dolore, opaca e senza lamento).

Sia fatta la vostra volontà.

Noi siamo i Rassegnati, gli Spenti, coloro che scesero al Giordano per il battesimo d'umiltà una sera che passava sul mondo il colore della rinunzia.
Lontani dalle infinite cose che possono dar gioia, godiamo senza invidia la gioia degli altri, poichè il mondo è tutta una storia di burattini e di burattinai; chi tiene i fili tira come vuole; ci fa piegare la testa, in su, in giù, come vuole. Per il nostro gran numero, alcuno pretende che si potrebbe anche ribellarci; ma ubbidiamo appunto per il grande numero nostro, cioè per spirito d'imitazione. Migliaia vanno curvati, migliaia si curvano a poco a poco... e la mano d'una forza invisibile stringe, preme, pesa, finchè da ultimo ci schianta.

Noi siamo i Buoni Diavoli... sia fatta la vostra volontà.

Così dice il nostro Vangelo:
Saziarsi d'un pan muffito e trovarlo buono; andare incontro alla disgrazia con un sorriso ben accogliente; patire un'ingiustizia dicendo ave all'offensore; quando muore la nostra donna, imperruccarci per servire il ballo altrui; dare la pelle, se occorre, per la livrea che c'ingoffa; spegnere con un soffio il lume del nostro desiderio, portare anche la croce degli altri e senza maledire l'umiltà.

Noi siamo i Buoni Diavoli... sia fatta la vostra volontà.

L'orologiaio:

Costruisco meccanismi per calcolare la durata d'ogni malanno e d'ogni allegrezza dell'uomo. Sembrerebbe che le mie sottili ruote, le mie delicate molle d'acciaio riescano a contenere il Tempo, questo movimento fatale e grande che ravvolge tutte le cose; ma le mie ruote non han ragione d'essere senza il quadrante.
Conosco un filosofo povero, al quale accomodo l'orologio quando lo ritira dal Monte di Pietà. Egli mi ha domandato un giorno: «Caro amico, siete proprio convinto che il Tempo cammini? - «Per bacco, sì! - «Bene, - ha detto il filosofo, con molta gravità, pensateci meglio; può darsi che camminino soltanto le vostre sfere, e il Tempo sia fermo. Anzi non ci sia.

Costui dev'essere matto!

Il ladro:

Quest'orologiaio possiede una bottega ben fornita; ma sono passati i bei tempi che con un paio di grimaldelli si facevano saltare tutte le serrature. Oggidì gli americani, ladri miracolosi, fabbrican tuttavia certe serrature formidabili, veri labirinti d'acciaio, che per capirli non basta l'acume d'un astrologo! Ai ladri del giorno d'oggi occorre un'istruzione variata ed una piccola dose di genialità. Così accade che onesti nel vero senso della parola rimangano solamente i cretini. L'uomo diventa ladro, non quando ruba, ma quando vien messo in prigione. Mi sono domandato parecchie volte: perchè rubo? Infatti, quel che guadagno con la mia professione di ladro mi darebbe un'altra, senza pericoli e facendomi buon nome. Ho dovuto convenire con me stesso che rubo solo per istinto. Su le cose degli altri dorme con parità il desiderio dei galantuomini e dei ladri, poichè l'istinto dell'uomo è già un furto in potenza, un ladrocinio virtuale.
Senonchè la timidezza degli onesti è la via del paradiso, il coraggio dei ladri la via della galera.

La guardia di pubblica sicurezza:

Ecco lì un mio compagno d'infanzia, che al vedermi scappa, ed io, com'è mio dovere, lascio che scappi! Mah... la vita mette al bivio; un bel giorno bisogna decidere: prete o mangiaprete? ladro o questurino?
Io mi sono deciso male, molto male... peggio di tutti! La società mi confida l'incarico di sorvegliarla e di proteggerla!... O perchè lo confida proprio all'uomo che non ha niente di suo da difendere, quindi se n'infischia più che tutti? Volete l'ordine vero? terribile? Fate una Pubblica Sicurezza di ricchi sfondati! Io, comunque vada, rimarrò sempre un questurino, ossia quell'aspirante carabiniere deriso come un prete, che i borghesi disprezzano, i vagabondi accoltellano, le belle ragazze respingono, lo Stato paga maledettamente male!
E con questi chiari di luna siamo noi, proprio noi, che dobbiamo difendere la fetentissima società!... Ehi, dico!... Ehi, Lei, si sciolga! circolare! circolare!

Il proprietario d'albergo:

Ho fatto fabbricare una casa con settanta camere in vicinanza della strada ferrata e sono qui che mi gratto la pancia. La gente arriva da tutte le parti del mondo con lo scopo essenziale, per me, di abitare le mie camere. Là dentro si spoglia, si lava, parla, fischia, litiga, fa l'amore, fa i suoi conti, scrive, mangia, dorme, - paga - va via. Per me l'uomo ha una importanza inquantochè viaggia: se non viaggiasse non ci sarebbero alberghi; se non ci fossero alberghi non saprei cosa fare. Questo ragionamento pare sciocco, ma è tuttavia quello che mi permette di grattarmi la pancia.

Il pompiere:

Oh, se poteste immaginarvi la noia che dà il fumo negli occhi!

Ma in compenso il fuoco dà una gioia così terribile a chi lo guarda, che dinanzi alle fiamme diventa quasi naturale compiere un atto d'eroismo. Noi, forse, non andiamo nell'incendio per salvare, andiamo perchè la fiamma ci attira, e non v'è nulla ch'esalti l'uomo come la tentazione d'attraversare il fuoco.

L'oceano in tempesta è forse lo spettacolo più grandioso della natura, ma la montagna che brucia è mille volte più vertiginosa di bellezza, perchè la tempesta cade, mentre l'incendio sale in alto, sale come il delirio dell'uomo e tenta con le sue rosse ali di vivere nell'infinito! E ditemi, qual bandiera sui pennoni dei vostri edifici sventolerà mai così bella, come la bandiera di fuoco, tragica, rossa, folle, che d'improvviso tra il delirio delle campane a martello sventola per l'aria notturna, piantata col suo ferro di lancia nella cupola d'una cattedrale!?...

... ride tutto il teatro?... O, povero me!... questa volta il suggeritore ha preso un granchio, s'è dimenticato che parlava un pompiere!

Il lustrascarpe:

M'han raccontato che i miei colleghi americani lavorano coi guanti in filo di Scozia e si fanno lisciare le unghie dalla manicure. La sera metton l'abito nero, la cravatta bianca, e vanno al loro circolo. Ognuno d'essi può dire senza far ridere nessuno: - Io sono un gentleman che pulisce le scarpe. - L'America è un grande paese.

Il mercante girovago di tappeti orientali:

Signorino, comprare tappeto vero Byrutt, liri: tu 10 liri meno. Non piace? Salamelek! Guarda: piume struzzo per tua madama che staranno molto bene; per tu 60 liri paio che io pagare 90. Non piace? Salamelek! Vuoi piccola tartaruga viva? Sentire pancia fredda... quando soffio caldo tirare fuori testa; portare fortuna: 13 liri. Io mercante onesto; se vuoi rovinare dà 8 liri. - Due liri? non potere... Salamelek. Non potere proprio... Salamelek. Signorino, per 3 liri dò tartaruga viva e scatoletta locoums serraglio Sultano - sst... sst... locoums per fare amore dodici volte quattro ore!

Due liri?... solo due liri?... Bono, piglia. Salamelek. Tu rovinare povero Abdul che essere andato miseria per sua sempre onestà. Salamelek!

Il Re:

Comando; non so a cosa, ma comando.

Fra le infinite mie disgrazie, ve n'è una che supera quelle di tutti i miei sudditi... sapete cosa? - la Marcia Reale!

Ah, basta per bacco! Da quando son nato me la sento strombettare negli orecchi venti, cinquanta volte al giorno, e sempre la medesima! Ne ho piene... voglio dire che sarei molto grato a chi me ne scrivesse un'altra.

Per l'amor di Dio, niente che somigli alla Marsigliese!

Entra il Giubilato
con la Processione delle Amanti.

Avevo quindici anni e un mese, quando questa cuoca fiorente, che cucinava con maestria le allodole, scoverse nel suo padroncino un uomo.

La seconda, era un'amica di famiglia, non più di primo pelo, con un marito che le dava qualche dispiacere coniugale. Fu nel suo salotto, una sera buia, dopo qualche sospiro, nel mese di marzo.

La terza, canzonettista italiana, cantava in francese:

Ah, les p'tits pois! les p'tits pois!...

La quarta, fu un amore; un amore lungo e tetro. Parlammo di suicidio; spendemmo in francobolli una sostanza; scegliemmo perfino lo stile della nostra camera matrimoniale... poi si mutò stile: io m'innamorai del mio quinto, ed ella del suo «primo amore.

Il mio quinto fu una chellerina, la quale si permise di non mettere al mondo un figlio, reputato mio.

La sesta, fu un'avventura d'albergo molto commovente; lagrimava con frequenza, rievocando in inglese una disgrazia che non ho potuta capire mai. Era una di quelle donne fatali che s'incontrano spesso nel girare il mondo.

Con la settima rimpatriai; si trattava d'una signorina conosciuta in un ballo, e che mi narrò la prima sera d'essere già fidanzata. Le proposi di rompere, di rompere la promessa, ed accettò non senza qualche scrupolo. Ma mentre io decidevo per la seconda volta di prender moglie, ella con disinvoltura prese un altro marito. Piansi. Composi qualche poesia; mi commossi davanti alle viole del pensiero, e malinconicamente respirai tutto l'effluvio de' suoi vecchi fazzolettini ricamati. Suo marito non s'accorse di nulla, come d'altronde non mi ero accorto di nulla neppur io. Venne a trovarmi qualche tempo dopo le nozze, e la trovai molto più signorina... Il matrimonio inverginisce la donna.

Consumati questi sette peccati capitali, non ho più memoria nitida se non di varie amanti che composero un tipo d'amante, che appartennero, come suol dirsi, ad una categoria.

Ebbi l'amante schopenhaueriana, che mi parve un eclissi di nevrastenia nel sole dell'amore.

Ebbi l'amante incorreggibile, che mi mise in rotta con i miei più fedeli amici.

Ebbi l'amante romantica, la quale mi costrinse a legger libri pieni di puntini, ad ascoltare musiche sfiducianti, a comprendere la bellezza d'aver freddo perchè il chiaro di luna puro da ogni vetro scivoli, mentre si ricerca l'ispirazione, sul profumato guanciale...

Ebbi l'amante lussuriosa, quella che tutti i nostri amici conoscono come posseditrice di qualche ricetta formidabile, di qualche arte satanica nel gioco dell'amore.

Ebbi tuttavia l'amante indimenticabile, quella che si diede così, d'improvviso, con una sincerità che parve una rivelazione, senza pudore, senza terrore, ma in silenzio.

E poi tutte quelle che mi vennero perchè avevo possedute queste prime.

Una mi portò la sua bellezza, perchè la facessi vedere alla gente; un'altra, molte anzi, mi portaron qualche ora vuota o capricciosa della lor vita galante, la simpatia momentanea d'un capriccio che appena confessato sfuma; qualcuna mi diede il suo cuore che non compresi, qualche altra non comprese che potevo darle il mio.

Frattanto nasceva nell'anima il bisogno di amare, poichè andando presso il fuoco s'impara a conoscere la fiamma.

Quella che amai, non la vedrete fra queste amanti che mi seguono, perchè fu una grande tristezza, una tristezza che non guarì... e mi piace di lasciarla sola.

Invece, dopo avere parecchie volte preso moglie con l'immaginazione, accadde che una volta, senza quasi riflettere, presi moglie in verità.

Trovai nel matrimonio molta pace, molto ordine, qualche notte di buona lussuria, ma la mia qualità di amante abitava pur troppo fuor di casa mia. E non era più la medesima di prima: questo amante aveva un cerchietto d'oro al dito, il che è una cosa indefinibile.

Mi parve d'essere capace d'innamorarmi ancora, e molto, e forte: ma non era vero. Seguitavo semplicemente a condurre per le alcove degli altri o nei profumati spogliatoi della bellezza il mio vizio stanco.

Avvenne che in tutte le donne cominciassi a temere l'ultima...

Avvenne che ogni volta mi dicessi: è l'ultima...

Avvenne che non andai dall'ultima.

Ed ora che sono Giubilato, penso di continuo sotto i miei capelli bianchi a questa favola triste, maravigliosa, indefinibile, che si chiama l'amore...

La venditrice di sè stessa:

Quando mai la lingua italiana mi regalerà una parola decente e moderna per esprimere il mio stato civile? È una cosa molto seccante non poter scegliere che fra cortigiana etèra baldracca meretrice pedina magalda briffalda puttana, e così via, - tutte parolacce d'altri tempi, che m'ha elencate con molte altre un mio ammiratore; parolacce le quali non rappresentano punto nè poco la cosa naturalissima che faccio io. Datemi un bel nome, o signori Accademici, e ve ne sarò grata!A proposito, è vero che state fabbricando un certo Vocabolario della Crusca?

Il Cruscante:

Sì, damigella, gli è ben vero. E ci occupiamo sovratutto di quelle parole che le non servono più. Oh, siamo d'una pedantezza, d'una pedantuzzeria mirabile, damigella garbata mia! Poichè, delle fresche voci novelle, faccia il buon popolo quel ch'esso gli garba, (il popolo di Toscana, s´intende!) - ma le viete le diserte le desuete le rugginose le anticose le morte, cotestesse le vanno ben riscelte al vaglio, poi rimonde, poi coltivate, come conviensi a cosa vaghetta ch'ebbe nel tempo andato fiorimento e gioventù; di quindi per infino chiovate a custodia perpetua dentro quell'orrevole museo possente, lo quale avrem donato in più e a la gentile Italia nostra, Fiorenza.

No, parliamoci alla lombarda, vagherella mia; faccio il Cruscante, ma per ridere; abbiamo avuta inverosì l'ottima idea di costruire un vocabolario della lingua di mill'anni, con dinanzi un bello e forte giogo perchè ogni compratore se lo porti a casa trascinato da una coppia di buoi... ma tutto questo fue per celia!

*

**

(Quivi, un lungo e ripetuto vagire di fantolino sveglia l'istinto materno della Comare, bellissima etèra Meridiana, la qual sorge dai tappeti e vede infatti per gli sfondi aurorali della scena traversare una levatrice d'infanti che reca un pargolo su le braccia; e vuol chiamarla, ma d'improvviso un buio come di tramonto rannuvola gli sfondi e giunge tetro dall'orchestra il canto funebre dei becchini.)

La levatrice:

Mi tormenta un dubbio amletiano: - servo io dunque per esprimere o per sopprimere quelle seccature che possono talvolta chiamarsi neonati?...

Entra il Coro dei Becchini:

(Nell'Orchestra in sordina la messa da morto.)

Noi siamo vestiti di nero, ma il nostro spirito è gaio!

De profundis... De profundis...

I cadaveri escono di casa coi piedi avanti e scendono sotterra con difficoltà. I cadaveri sono pesanti. I cadaveri sono dispettosi. Trovano il modo di farci faticare più che possono. I cadaveri sono ambiziosi, cercano di vestirsi bene. Noi preferiamo quei morti che fanno molto piangere, perchè sono i più generosi.

De profundis... De profundis...

È un mestiere pieno di controsensi quello del becchino; a forza di stare fra il pianto viene il cuor gaio. S'impara che l'uomo è un peso: nient'altro. La fisionomia dei morti tramonta nella carne come la luce nell'acqua; dopo qualche ora somigliano tutti alla faccia unica della morte. Intorno ai cadaveri si vedono i loro sogni; con un poco di praticaccia s'indovina dal morto l'uomo che fu.
La tristezza vola fuori dalle finestre come uno stormo di civette, non appena i becchini han preso il morto e l'han portato via. Fra tutte le persone piangenti, ve n'è sempre una sola che soffre «il dolore. Nel guardarli d'improvviso, pare talvolta che i morti ridano.
Sovente si potrebbe derubarli di qualche bell'oggetto, ma non si osa, perchè i morti sorvegliano ed è assai più facile derubare un vivo.
A noi qualche volta il morire sembra una parodia del morire; vi sono case dove la morte si sdraia come necessità, case dove sbaglia d'uscio e pare assurda. È terribile come alle volte le belle ragazze morte, nelle loro camicie fine sembrino più belle che mai!
E si dimentica perfino di lavarci le mani prima di carezzare le nostre amanti...

De profundis... De profundis...

Perchè la gente ha così paura dei cadaveri? I morti sono dispettosi, è vero, ma dispettosi con noi che li dobbiamo disturbare; all'infuori di questo non hanno mai fatto male ad anima viva. L'odore dei morti è singolare: sembra un odore che sia morto anch'esso e non rimanga su nessuna cosa, neanche nell'aria, ma solo nel cadavere, proprio sul cadavere, come un peso freddo.

Amano i fiori e con passione li stringono fra le braccia, ma il fiore tra le braccia dei morti si assidera. Quanto maggior profumo nelle camere dove le ghirlande sono poche! Per noi la morte più paurosa è quando mettiamo sotterra un becchino.

Fra la gente in nero v'è sempre un certo piccolo sorriso nascosto, che agli altri sfugge, ma che noi vediamo in grazia della nostra praticaccia, poichè dove c'è un morto, piccola o grande c'è sempre l'eredità.

De profundis... De profundis...

Il sampognaro:

Le mie sampogne son piene d'aria, con quest'aria mi riesce di far musiche variate; gli uomini credono ch'io «trovi le mie canzoni, ma invece nell'aria tutte le canzoni «sono già. Non faccio che portarle ai vostri timpani, o signori che non sapete suonare la sampogna!

La padrona d'una casa di tolleranza:

Le scale mie si salgono con fede, si scendono con rimpianto: però si torna sempre. Si torna a dispetto, e forse in grazia, della spietata concorrenza che mi fanno altre scale.

Il fantino:

Quando penso che tutto consiste nel tagliare per primo il traguardo, mi avvedo che la vittoria non è mai questione di pazienza, sibbene di rapidità.

L'imbalsamatore di cani:

Tenere un mops morto nel proprio salotto, vuol dire avere uno spirito mistico, un cuore pieno di sfiducia, un avvenire incerto e molta fede nella stoppa.
Sappiasi che imbalsamare non è arte così facile come pare al volgo: bisogna essere fisionomisti.

Il maestro di scherma:

Prima la punta, poi: a fondo!
Sono il rimasuglio del Medio-Evo che se ne va, tra poco agli uomini civili mancherà perfino il coraggio di fingere d'ammazzarsi.
Prima la punta, in ogni modo, e mi fissi negli occhi!

La canzonettista:

Io canto la canzone «Fili d'oro e «La Signora del tramway; mi muovo con molta grazia e avrei magari potuto darmi all'operetta, fors'anche all'opera seria; solo, mi piace dire qualche piccola porcheria senza nascondere le mie belle gambe. Il caffè-concerto è un luogo intermedio fra l'arte e la prostituzione, quindi raduna i vantaggi di ambedue.

Sono bellina e furba; mi chiamano: la divetta Colibrì.

Quand'entro in scena sento per tutta la sala scoppiettare un picchiettìo d'accenti sull'i. Questo mi fa piacere alla pelle come se fossi nuda, e mi punge come un bicchiere di sciampagna!

Il teatro non può star fermo quando canta la divetta Colibrì.

La signora che non ha mai avuto un amante:

E mio marito crede che l'abbia fatto per amor suo! No, è più semplice: ho tardato nel risolvermi ed ora mi sono avvezza a non avere un amante. La rinunzia d'una cosa che non si conosce può benissimo diventare un'abitudine... Chi non esercita una facoltà la perde; io mi sono dimenticata d'esercitare l'infedeltà. E siamo in molte ad aver commessa questa dimenticanza, molte più che non credano i fabbricatori di luoghi comuni.

Certe vite di donne sono aride, sterili, come giardini morti.

Il padrone del teatro delle pulci:

E qui s'impara come certi animalucci derisi abbiano spesso maggiori attitudini ad ammaestrarsi che una persona barbara la quale, per un lieve prurito, li schiaccia!

*
**

(Ma frattanto venuta è l'ora che debbano a lor volta, Compare e Comare, fingere una parte nella Commedia, e mentre ancora qualche avventizia maschera sdottora e blátera dal proscenio, il buttafuori li richiama e li sollecita perchè vadano a travestirsi. Già parecchie volte nel decorso della Commedia la bellissima etèra Meridiana, ed il Cavalier Compare con lei, ha mutato i suoi regali abbigliamenti; anzi la famosissima per le sue favolose guardarobe etèra Meridiana, secondo il volgere d'ogni ora indossa una più bella e ricercata veste. Apparve da prima circonfusa d'un colore d'incipriato, in bianco raso e trasparenze di finissimo tulle con un corsaletto in cintola di così bionde squamme che pareva una ghirlanda intrecciata con spighe di biada e portava nella sua fibbia un gran mazzo di bei fiori d'argento. Poi di turchino si vestì, con pizzi d'Irlanda che ragnavano su la sua pelle delicata; poi di roseo, con orlature di piumoso cincilla e calzari di raso luccicante come una corteccia d'oro. Quindi mise una veste indefinita che nulla potrebbe somigliare tranne il muoversi d'un'acqua tetra qua e là percorsa da repentini guizzi di sole; poi mise un abito folto e greve, di velluto, sul quale nevicava una grande bianchezza d'ermellini, con un mazzo all'incrocio delle guaine, più sotto che la scollatura, di grandi fiori vampanti che parevano rose rosse.

Ora verrà semplicemente vestita, con i suoi meravigliosi capelli raccolti da un nodo solo, nudi gli avambracci fino al gomito, il collo terso che nascerà da un'apertura di leggera mussola, nè ingioiellata nè dipinta, quasi principessa che per iscopo di teatrare avesse voluto illeggiadrirsi nell'eleganza d'una suonatrice d'arpa.

Così ugualmente il sontuoso Cavalier Compare verrà nell'abito non negletto ma quasi umile d'un musicista ebbro d'ispirazione, con le sembianze atteggiate a quelle d'un romantico poeta che tutte abbia mandate a memoria le rime sospirose di Alfred de Musset.

Un robusto applauso di mani a tal uopo noleggiate dall'impresario, saluta quivi l'entrata in scena del Compare Cavaliere della Films e della Comare, bellissima etèra Meridiana, i quali vengono per «sentir d'amore.)

Entra la coppia degl'innamorati.

(Nell'Orchestra violini profumati, arpe voluttuose, flauti che respirano con ebbrezza.)

Noi camminiamo tenendoci per mano, ed il fiore nostro, la nostra parodia che non temiamo, è questo mazzolino di viole del pensiero. Non v'è per noi più innamorata lascivia che la lascivia di guardarci negli occhi, negli occhi dove l'anima sale come una visibile paura e piena di voluttuoso tremito cerca un'altr'anima che la guardi. La nostra dolcezza diviene un tormento quando cerchiamo di comprendere che cosa sia l'amore.

Io sono te.

L'amore non è forse che uno stato essenziale della vita, un passaggio per il quale varca ogni cosa nata e vi dà il suo più forte lampo innanzi di finire. Vi sono tre cose nell'universo: la vita, l'amore, la morte. Tutte le creature venute su la terra, fecero quello che facciamo noi: guardare con disperazione con incanto negli occhi d'un altro essere, guardare la cosa amata per comprendere l'amore. L'amore, ch'è la febbre più sensuale, fa conoscer l'anima; l'anima conduce ai sensi.

Io sono te.

L'amore non abita nei sensi e neppure nel cervello soltanto: è il legame che li unisce, anzi è il confine dell'essere che li soverchia entrambi. Nessuno, pensando, andrà più lontano che non vada l'amore. Amare significa mescere in noi stessi la bellezza nativa del mondo, farne dono senza perderla e non volere la pace. Noi siamo gl'innamorati, cioè possediamo una forza ch'è solamente «nostra e ci mette su la via dell'infinito, quantunque perda ogni senso all'infuori di «noi.

Io sono te.

Ascoltare la voce l'un dell'altra è una musica veramente armoniosa, cioè che invade l'essere come beatitudine immateriale. Tenerci con la mano la mano sembra una cosa innocente, ma è terribilmente colpevole; tanto colpevole che a noi sembra talvolta l'infinito amore tutto e solo consistere nel tenersi una mano. Si può godere sino allo spasimo la persona amata senza nemmeno prenderne il respiro, chiudendo gli occhi, e senza conoscere d'amore.

Io sono te.

Il «sempre, il «mai, nacquero forse da questo desiderio senza fine. La bontà è anche nata nell'amore. L'odio anche. Si compie una purificazione sublime nello spirito della creatura che ama e v'è inoltre nell'amore una memoria di cose alle quali non si è pensato mai. Fu il solo dono bello che la natura chiuse nella vita e fu tuttavia la paura più grande, poichè solo nell'amore si capisce con perfezione lo spaventoso terrore della morte. Ecco perchè noi camminiamo tenendoci per mano...

Io sono te.

(Quivi un leggiadro applauso è fatto al Compare ed alla Comare che bellamente sentirono d'amore, poichè ai patroni della Commedia l'uditorio è per usanza cortese. Vanno quindi a mutarsi d'abiti, ma prima conducono verso la ribalta una squallida e solitaria vergine, «la quale, dicono, meglio assai che non facemmo ricercherà d'amore.)

La zitella:

Ho aspettato, aspettato, per l'intera giovinezza... e finalmente credo che non attendo più! Mi sembra d'esser rimasta dieci anni al cancello d'un giardino, e sono diventata io stessa il cancello che mi chiude. Sono calma, e quando penso al passato mi ricordo che avere vent'anni voleva dire precisamente - solamente - stare al cancello d'un giardino.
Raccontano che le zitelle siano stizzose; non è vero; hanno vergogna, ma sono calme. Diventan rosse ove si parli di nozze, non per lo sposo ma per timore dell'ironia.
È una lunga storia l'amore, ma finisce; finisce quasi brutalmente, come una ruvida poesia. Un giorno lo specchio ci dice: basta. E se non è lo specchio è l'anima, la quale s'accorge d'essere stanca. Il sentimento compie la sua parabola, mentre l'egoismo lo vince a poco a poco.
Innamorata, fui molte volte: di me stessa, che non piacqui a nessuno, e di tutti gl'innamorati che vidi, nella mia vita grigia come polvere, amare un'altra...
Mi pareva d'essere in una stanza buia e di guardare, traverso le fessure dell'uscio, in una grande inebbriante festa da ballo, tutta fiori lascivie musica e baci. Tra quel buio languivo di sperdimento...
Ma ora il ballo è finito, la sala sgombra, i candelabri muoiono. Entro e vedo per terra qualche fiore appassito, qualche trina lacera; su la tastiera del cembalo sembra che dormano due mani pesanti; qualche violoncello ha le corde rotte, filtra l'alba, i candelabri sono morti.
La storia d'una ragazza vecchia è sempre un'immagine, perchè le sue voluttà non furono che sogni.

*

**

(Quivi ritorna il Cavalier Compare, in elegante abito da passeggio, discorrendo con un signor grave in tuba e marsina che lo intrattiene d'argomenti serii.)

Il socio della Lega per la protezione degli animali:

Ho veduto stamane un pavone senza coda, un'anitra zoppa, un asinello gonfio di bastonature, un uccellino in gabbia, un luccio agonizzante, la coda d'una volpe conservata come trofeo... nè saprei di-

33

re quanti altri segni delle inique torture che l'uomo infligge al regno animale. Soltanto il popolo inglese ha leggi draconiane contro chi sevizia le creature inferiori, e questa non è l'ultima fra le ragioni che lo condussero all'egemonia. Terrò su l'argomento una conferenza.

Intanto proibisco a mia moglie di portare piume d'uccelli paradisi o pellicce alla moda; così, mentre diminuisco la strage di questi poveri animali, faccio anche una pietosa economia. Se mio figlio trapassasse con uno spillo una farfalla viva, credo che lo rinnegherei; l'uomo che cammina sopra un formicaio non può essere buon padre di famiglia e merita che lo si arresti.

Questa è la mia opinione.

*
**

(Il Cavalier Compare, da buon compare, gli dà tutte le ragioni e volentieri accede a far parte di questa lega operosissima la quale fra poco avrà salvato il bestial genere così dalle fruste come dalle roventi padelle dell'uomo. In quel mentre scocca fra le quinte il rimbalzo di due sonori schiaffi, ed un pover'uomo d'aspetto quasi cenobitico vien spinto a forza nel mezzo della scena da un attaccabrighe battagliero come Orlando, che dopo averlo percosso con virulenza, ora con enfasi lo deride.)

Lo spadaccino:

Sissignore! Le ho camminato sui piedi, le ho
dato due schiaffi, adesso le sputo in faccia, e se
non le accomoda, mi mandi due padrini!

*
**

(Il Cavalier Compare, da buon Compare, libera il malcapitato e dà un poco di ragione a tutt'e due. Ma il cenobita rifiuta le armi e il mangiaspade non decampa, sicchè, udita la causa dell'incidente, il Cavalier Compare propone che la vertenza venga sottoposta ad un Giurì d'Onore. Le parti accedono. Il Cavaliere della Films li prega di sedere, nonchè di soprassedere a qualsiasi ulteriore commento su la faccenda, rimanendo chiuso nella più cavalleresca impassibilità fin tanto ch'egli vada in cerca di tre integerrime persone disposte a costituire il triumvirato salomonico.

Per avventura passa di lì un perito giudiziario al quale dal Cavalier Compare viene offerta la presidenza. Questi accetta, facendo nondimeno qualche premessa.)

Il perito:

Noi abbiamo per insegna la Virgola della Sibilla Cumana e per osservatorio la specola di Cagliostro. Il Perito è un uomo che si trova in imbarazzo, che mette in imbarazzo, che lascia in imbarazzo; per uscirne, vadasi da un altro Perito.

34

*
**

(Per l'appunto in fondo alla scena che rappresenta ora, benchè semivuota, l'elegante sala d'un «tea-room alla moda, siedono a due tavole non distanti un giovine filosofo alcoolista, il quale già disamina il settimo whisky della sua giornata, e un ben rasato marchese, giovine di bel mondo che fa colazione un po' tardi con qualche panino di giambone burrato e con una tazza di tè roseo-nuvolata. Il Cavaliere della Films conosce quest'ultimo.)

L'uomo che centellina il suo settimo whisky:

Osservare la gente traverso l'invetriata d'una bottiglieria non è la stessa cosa che guardarla dal terrazzo d'una casa. Qui la si comprende meglio, perchè l'alcool incatena forse leggermente i piedi, ma rischiara di molto il cervello. L'alcool è il vero amico dell'uomo, gli si affeziona più che il cane e invece d'abbaiare canterella.

tiri - tiri - tiri - tiritì!

Il Blak-and-White Whisky non ha mai potuto nuocere neanche ad un tubercoloso, anzi uccide i microbi. È la bevanda più salutare che sia mai stata fatta per sostituire l'acqua, elemento neutro dove infuriano milioni di bacilli. L'acqua io la capisco nel bagno dove, per sentir l'odore della pulizia, la rinforzo con l'energico alcool della menta pepata; oppure la capisco nel suo stato solido inquantochè serve a raggelare i coaktaïls.
Chi ha scritta quella favoletta: - il fuoco l'acqua e l'onore?... Graziosa, ma io direi senz'altro: - il fuoco il whisky e l'onore; perchè il Blak-and-White Whisky è la filosofia dell'uomo di spirito. Quando si dice uomo si dice anche donna; i contrarii esprimono sempre la stessa cosa.

pere - pere - pere.-perepè!

I miei amici contano i whisky che bevo per sapere come devono trattarmi; il «barman li conta per farmeli pagare; il solo che non li conti sono io, per modestia, perchè non tengo ad umiliare nessuno. Toh! mi fischia l'orecchio sinistro, lato del cuore... È probabile che si parli di me; forse la mia amante mi sta facendo le corna... A me non importa quasi niente.
Il Blak-and-White Whisky è migliore che la
donna.

curu - curu - curu - curucù!

Il giovine marchese:

La signora elegantissima di cui sono - sia detto inter nos - l'amante, mi ha telefonato ieri al club per domandarmi se potessi accompa-gnarla al tè-tango della principessa. Pur troppo sono giunto in ritardo, perchè stavo giocando a baccarà e non ero, fra l'altre cose, in «dorsay. Mi son presa quindi una

35

ramanzina coi fiocchi, due anzi: la prima da lei, molto ironica; la seconda, molto affettuosa, dal marito... pazienza! Il mio mestiere è di fare il giovine marchese: non so veramente se mi diverto più io, o si divertono più gli altri. La mia vita somiglia molto al meccanismo d'un prodigioso fantoccio di stoppa; ho da quando son nato la soddisfazione di sentirmi chiamare signor marchese; so che la gente mi crede un imbecille, e quasi quasi lo credo anch'io. Ma non ho mai sentito il bisogno d'essere intelligente; forse questa è la ragione per cui non lo sono. Si può vivere con molto spirito senza darsi la pena d'essere intelligenti. La vita è stata per me un bel tappeto di damasco e vi sono passato sopra senza lasciarvi nessuna impronta. Le donne mi hanno amato, gli amici mi hanno adulato, gli uomini d'ingegno m'han fatto qualche bell'inchino; so vagamente che si può esser poveri, mangiar male, aver sfortuna, trovarsi presi nella tragedia... ma tutto questo è quasi una piccola storia che mi sembra d'aver letta in un bizzarro libro. So per conto mio che lo scopo della vita è questo: godere per abitudine, godere con noia, godere con facilità. Mi resta solo da decidere in cosa con-sista il godimento. Alle volte provo quasi la tentazione che mi capiti una disgrazia, per poter godere anche il dolore, quest'unica gioia che non ho sofferta mai.

*

**

(Con affabilità il giovine Marchese accoglie, sebbene occupatissimo, l'invito del Cavalier Compare a far parte di questo Giurì, e per amore di sollecitudine il Marchese presenta il Cavaliere della Films al giovine filosofo alcoolista, che offre da bere, indi accetta. Il triumvirato quindi si ritira, e nell'attesa del responso le parti contendenti se ne vanno per i fatti loro.
Ma già quivi la bellissima etèra Meridiana ritorna constellata della veste più bella che mai mettesse, cerulea tanto che par tessuta con l'aria d'un giorno di primavera. Una rete impalpabile ricopre la stoffa eterea, dentro questa rete s'impigliano gemme.
Così bella è, che tutta una schiera di giovini le muove appresso per corteggiarla.)

Entra il Coro degl'Incompresi:

(Nell'Orchestra in sordina voci funebri ma irate; sinfonie di strumenti bizzarri; ocarine, oboè.)

Nunc et in hora mortis nostrae... Amen.

Noi siamo la Genialità che il mondo non vuol conoscere, siamo le finestre dalle quali non guarda mai nessuno, i fuochi ai quali anima viva non si scalda.
Altri agitano il tirso che in sè non portano alcun Dio; noi viviamo in campi d'ortiche mentre il lauro cresce nei giardini altrui. L'epoca non ci comprende; siamo nati cent'anni prima della nascita nostra, pensiamo col cervello d'una gente che verrà. Il solo conforto è per noi leggere le biografie di quei sublimi, ch'ebbero gloria quando furon polvere.

Nunc et in hora mortis nostrae... Amen.

Di questi giorni è il tempo dei mediocri, talora degl'infimi; riesce oggi chi puttanescamente si vende al favor popolare. Laddove si celebra l'immortalità d'un poeta che scrisse persino un endecasillabo

36

con dodici piedi, io diedi alla mia terra un poema primordiale in 61 canti che nessuno volle stampare e nessuno lesse; laddove girano il globo le operacce di maestri che non sanno il contrappunto, (e sono debolissimi nell'orchestrazione,) tu, Flavio, nella tua «Sinfonia delle Foglie Gialle hai spinto di qualche passo più oltre l'anima beethoveniana. Mentre un pittor d'affreschi murali passa per Tiziano risorto (- e falla in tutte le prospettive per disconoscenza del disegno! -) tu, Clodomiro, nel tuo «Notturno in luoghi Morti hai ottenuto forse la più grande rarefazione di colore, il più profondo singhiozzo di luce che mai pittura tentò di esprimere...
Ma che serve? Tutto questo piace alla Beozia regnante, come piacerebbe alla mummia d'un Faraone! Sì, le parole più significative della vita nuova noi le abbiamo dette, solo non furono comprese! La Fama, che sarebbe nostra donna d'amore, passa davanti a noi scordevole, o co' suoi veli trasparenti ci adesca mentre va in letto con altri...
Così noi camminiamo per via malinconici, a fronte bassa, con il fegato un po' gonfio, mentre la strada plaude sfrenata perchè si corona imperatore un Asino!
La nostra famiglia è grande; vi sono Incompresi anche fuori dall'arte; inventarono, amarono, vollero, fecer mille prove per venire a capo di un'idea fissa, tentaron senza tregua di spiegarsi, ma non furono compresi mai... Poveri e tetri, la nostra parola è forse questa: - mai.

Nunc et in hora mortis nostrae... Amen.

*
**

(Non anco è fuor di scena la irata e lamentosa teoria, che già viene avanti una schiera più calma e più forte, quali solitarii, quali a brigatelle che in bel modo e con acuta ponderatezza, di amene favole vanno insieme ragionando. Son costoro i colpevoli dell'aver condotto a sì amare tetraggini quei delusi corteggiatori della bellezza o della fama, ed or vengono per iscusarsi dinanzi alla Patronessa di beltà, la ceruleovestita Meridiana.)

Entra il Coro dei Critici:

(Nell'Orchestra sinfonia cadenzata ma talora quasi gaia di stromenti d'ogni genere; qualche solitario violoncello, moltissimi tamburi.)

Microscopio. Lente.
Siringa. Tanaglia da dente.

Noi, con mansuetudine, avveleniamo la vita degli artisti.
Noi, con beatitudine, conduciamo a spasso le nove sorelle Muse.
Noi, con rettitudine, facciamo sì che non tutti i maschi e non tutte le femmine della specie umana, dal demente all'analfabeta, si mettano a creare opere d'arte.
L'opera d'arte è la cosa che l'uomo, - anche la donna, - partorisce più volentieri, senza doglia, e con instancabilità. Se non ci fossero i Critici, l'umanità finirebbe sotto il diluvio delle opere d'arte. Ma per fortuna ci siamo noi con

microscopio; lente;
siringa; tanaglia da dente.

Noi crediamo che il vizio d'essere artisti fu imparato nell'antica Grecia, e prima dell'Ellade gli uomini
- anche le donne - avessero qualcosa di meglio a fare che crear opere d'arte.
Però non ne siamo sicuri, tanto questo vizio è radicato nel cerebro e nella carne della specie umana.
Se non si fosse Critici, forse anche noi ci abbandoneremmo alla foia del creare opere d'arte. Ma
fors'anche no, tanto è grande la delusione che provammo nel condurre a spasso le nove sorelle Muse.
Inoltre dobbiamo dirvi che la madre di queste nove fraschette era una bella matrona che la si chiamava
per l'appunto Critica; onde noi, che fornicammo con la madre, non si potrebbe senza vergogna don-
neare con le sue garzette.
Oh, se gli artisti potessero comprendere la nostra malinconia!
Per leggere un bel verso, noi dobbiamo andarne diecimila che pungono come ortiche o salivano come
bisce!
Per vedere una tela semplicetta, una semplice statuetta, la quale ci riconcilii con la forma del corpo
umano, dobbiamo traversare una tebe di goffaggini e risalire un nilo di terrifiche mostruosità!
Le nove sorelle Muse, ohi noi! si danno anche a sodomia, e questo fanno quasi cotidianamente, forse
perchè vengono dalla Grecia, paese dov'era costume.
Or chi farebbe la critica dei critici se non la facessimo noi? quand'è venuto in evidenza che per essere
buoni giudici d'un sonetto bisogna per lo meno conoscere la scienza del finito nell'infinito e
dell'infinito nel finito, nonchè saper mettersi nell'intuizione come in una comodissima trottola che
giri a maraviglia da sè?
Tuttavia noi Critici siamo ancora più numerosi e più smaniosi di partorire che i sullodati creatori
d'opere d'arte; così per uno di noi che la matrona Critica di leggieri accolse nel talamo de' suoi deliri,
dieci al fiume li mandò perchè prendessero anguille con la barbaia.
Sicchè fra noi stessi dobbiamo scegliere con

microscopio; lente;
siringa; tanaglia da dente.

*

**

(Or avendo la Comare Meridiana indossata una così bella veste, súbito la voce per intorno vola, nè
passa gran tempo anzi che vengano insieme a visitarla due giovini vagheggiatori della bellezza mulie-
bre, assidui del paro nel suo culto ma non da essa con egual sorte ricompensati. Di séguito poi
vengono taluni altri personaggi, non tanto bramosi della etèra che porta una veste cerulea, quanto
chiamati a fiutar l'aria dal rumore della novità.)

Entra il Dialogo
fra l'Uomo che ha fortuna con le donne
e l'Uomo che non ha fortuna con le donne.

- Veramente, o Paride, non è la tua persona più allettevole che la mia; d'età siamo gemelli e ci vestiamo dal medesimo sarto. Vuoi dirmi, o Paride, perchè mai tutte le donne ti rincorrono, mentre fuggono me?

- Ascolta Menelao; non vorrei farla da saccente, ma temo che tu non le sappia forse prendere per il lor verso.

- Veramente, o Paride, abbiamo fatto i medesimi studî; la nostra cultura non divaria gran fatto, e per quello ch'è fantasia, nè tu mi ritardi nè io t'avanzo. Tu se' forse un po' stanco di troppi certami d'amore, laddove io sono sovreccitato per non poterne far mai. Ho il rovescio della tua sorte: ogni sera devi tu scegliere fra cinque belle che si contendono i tuoi baci, ogni sera io mi corico amaramente, pensando a cinque belle che m'hanno detto di no. Spiegami qual è il sortilegio che fai per essere così amato.

- Ascolta, Menelao; non faccio sortilegio alcuno. Questa è la mia sorte: s'io guardo per avventura una donna pensando al mio cane, costei con evidenza mi sorride, arrossisce, impallidisce. Se vado a trovare la moglie d'un amico per darle una cattiva notizia, la moglie dell'amico mi conduce nella sua camera nuziale. Se in un albergo suono per la cameriera con il proposito di farmi attaccare un bottone, la cameriera d'albergo, giovine donna e soccorrevole, cade fra le mie braccia. Quando ne' treni passeggio per il corridoio nell'attesa che l'impiegato prepari la mia coltre, vengono le americane a domandarmi vuoi quant'è lunga la galleria sopravveniente, vuoi se in Italia qualchevolta nevica... Ho tre casse piene di lettere amorose, io che mando solo cartoline illustrate. Ascolta Menelao: poche sere or sono, avendo invitato a cena una provatrice d'abiti - (i francesi, molto meno afflitti da un bell'idioma, le chiamano «mannequins) - trovai la provatrice d'abiti petulante come un diavoletto e mi parve che fosse ragazza di molto navigata. Lo sciampagna, come ben sai, è un vino allegro, e dopo cena la condussi a casa mia. Quando fummo a lumi semispenti, e tardi alquanto per ripentirci della penombra, ella mi confessò con umile candore che aveva creduto bene farmi dono della sua lunga verginità... Menelao, devi prestarmi fede: era semplicemente vero. Che vuoi? la donna è un rettile commovente! Ma per quante n'abbia conosciute, le ho comprese, o Menelao che a malincuore sei casto, ancor meno di te!

- Veramente, o Paride, quel che tu narri alla mia fame suona tormento, come al digiunatore di tre settimane la storia dei banchetti d'Epulone. Ma in cerca vado più che mai d'intendere la nostra inegual sorte, poichè, ne' suoi rifiuti costanti, nelle sue civetterie perniciose, ne' suoi giochi amari, ho studiata la donna con intelletto, e penso ch'ella non sia tanto illogica nè tanto incomprensibile come tu dici.

- Ascolta, Menelao, questo fu il tuo torto: studiare la donna. Facesti come colui che studiasse la quadratura del circolo, il moto perpetuo, l'altre chimere!...

Interviene l'Uomo che cerca le Chimere:

Sì, passo i miei giorni tentando di quadrare il circolo e di trovare un movimento che non s'arresti mai più. Appunto perchè nessuno v'è riuscito, la mia certezza è che si debba riuscire. Difficile non è tanto render possibile un Assurdo, come dimostrar la ragione per la quale una cosa debbasi ritenere assurda.
Vi pare proprio possibile che una data quantità possa contenersi nella forma rotonda e non - fino al milionesimo di millimetro - nella forma quadrata?

Se ne siete certi, mi dispiace per voi, o microcefali! Per conto mio seguiterò a cercare la quadratura del circolo, il moto perpetuo, l'altre infinite Chimere, finchè un tale non mi dimostri con evidenza qual diversità corra in eterno fra la sua Certezza e la mia Chimera.

Interviene l'Ombra dell'Indefinibile:

Il Vero come il Non vero sono entrambe Verità indefinibili. Questo cercatore di chimere ha espressa un'evidenza che pare falsità.

L'Uomo che ha fortuna con le donne:

- Ascolta, Menelao; non lasciarti sedurre dai cercatori di chimere! Ammetto che si troverà forse la quadratura del circolo, ma non si troverà mai l'uomo che comprenda la donna. Questo non è necessario d'altronde; perchè il giorno in cui l'avessimo compresa, ella perderebbe la sua maggiore bellezza. Lasciate che le donne siano assurde, e che siano assurde con novità! Noi pure ai lor occhi dobbiamo talvolta sembrar tali. Ecco, tu volevi una ragione? Fors'è questa: Paride sembra loro assurdo, Menelao no.
- Veramente, o Paride, se questa è la ragione, cercherò d'essere o di parere assurdo anch'io.
- Ascolta, Menelao: compiresti un tentativo dannoso e vano. Assurdi si può essere solo per incoscienza ed ogni riflessione bandisce l'assurdità, che fra tutte le cose del mondo è forse la più bella. Non ti provare, non ti provare! perderesti oltre che il tempo anche la pace.
- Veramente, o Paride, ch'io la perda ma che si tenti ancora questo mezzo estremo! Voglio pur io, prima che la giovinezza fugga, profumare di sciolte capigliature il mio guanciale tepido, vedere due belli e turbati occhi piangere di svenimento, e per commosso amore piangere di me! Voglio pur io, ne' miei tardi giorni di vecchiaia, posseder qualche lettera un po' gialla da rileggere sotto il lume! Poichè vedi, o Paride, tu forse hai sfogliato le rose a' tuoi piedi senza conoscere quanto sia dolce il profumo delle rose... Quelli soli che non sfogliarono ghirlanda, san comprendere il profumo che v'è nel calice d'una rosa.
- Ascolta, Menelao; non sono lungi dal darti ragione. Certo non se' tu il primo a conoscere che la rinunzia è il più fino epicureismo della vita, laddove il possedere addormenta e sfiducia come tutte le verità. Da buon amico e da fratello vo' che tu sappia questo: io t'invidio per il tuo digiuno e per la tua sete, per la tua febbre che non si pacifica e per l'anima tua che nel desiderio spera! T'invidio, perchè davanti a' tuoi occhi vive ancora un'immagine che ho perduta: la Donna, e regna nel tuo spirito ancora un miracolo nel quale non credo più: l'Amore.
- Veramente, o Paride, io darei tutte queste belle cose per un bacio comprato senza denaro, e mi piacerebbe assai che la tua sconsolatezza divenisse mia. Mentre le tue parole cercan d'essermi un conforto, io non cesserò dal volgere nello spirito questo enigma insoluto: - perchè non vollero amarmi le donne, che amarono te?

Interviene la Voce dell'Indefinibile:

Fra voi che siete germani, stava, o germani, la mia vasta Ombra.

Il Parassita che torna da una visita di digestione:

A momenti mi usciva un tale sbadiglio, povera baronessa, che l'avrei fatta inorridire! Oh, la noia suprema di ringraziare la gente che ci ha dato da mangiar male! Queste famiglie ricche non hanno palato, trangugiano qualsiasi cosa, ed io mi guasterò lo stomaco se non cambiano i cuochi. L'ho fatto capire alla baronessa con bella maniera. Conosco tre sole case dove s'imbandisce una buona tavola, ma nel mio giro non vengono che tre volte al mese. Per fortuna ho potuto provvedermi d'un buon sigaro e di qualche sigaretta egiziana mentre aspettavo la vecchia baronessa. Temo però che il maggiordomo se ne sia accorto, - questa volta oppure un'altra, - perchè nell'anticamera m'ha guardato male. Questi lacchè non perderanno mai il vizio di spiare traverso le serrature!
Stasera sono invitato a pranzo da un rimbambito che mangia solo carni bianche, - mi farò prestare cento franchi, - e in teatro da una vedova che affligge il prossimo con tre orribili signorine. Il palco è d'angolo, avrò dunque la delizia di non vedere un bel niente! Questi sono inviti che si chiamano passività...

Oh, la bella veste! la bella veste!

L'Uomo che arriva dal giro del mondo:

I negri ballano il tango e pagano le tasse; i gialli ballano il tango e pagano le tasse; agli antipodi si balla il tango e si pagano le tasse; qui si balla il tango e si pagano le tasse. La sterlina, il dollaro, il franco, la peseta, il rublo, la rupia, il peso, il reis, il sen: ecco la mia storia del giro del mondo.
Per vedere questo potevo starmene a casa mia...

Oh, la bella veste! la bella veste!

Il Caricaturista:

Quando l'uomo non si vigila somiglia a sè stesso; quando si vigila somiglia a chi lo guarda. Nelle facce più tetre io vedo - poichè so penetrare i lineamenti, - una grande allegria.
Sotto la faccia d'ogni uomo ve n'è un'altra che in qualche momento traspare; il buon caricaturista è quegli che sa disegnarle tutt'e due...

Oh, la bella veste! la bella veste!

L'«Interwiewer:

Ho intervistato 46 regnanti; scrittori celebri; glorie della scena; 17 anarchici; 9 miliardarii; tutti i delinquenti; 16 animali; 8 cadaveri; 11 persone che non son mai esistite. Se l'arte è creazione, dell'arti l'Intervista è la prima. L'«interwiewer è insistente come l'assicuratore su la vita, ma infine gli si apre la porta perchè assicura la notorietà.
Io lascio credere volentieri che le belle cantanti mi abbiano ricevuto nel loro «boudoir...

Oh, la bella veste! la bella veste!

Il Gran Rabbino:

Vi sono certi individui che sono brava gente, buona gente, magari ottima gente, ma fanno in modo
che il loro prossimo non li possa vedere...
Questo sono gli Ebrei.
Vi sono certi individui che non mancan di nulla per esser felici, fuorchè d'una piccola cosa...
Questo manca agli Ebrei.
Vi sono certi individui che sono molto intelligenti, ma pensano ancor oggi col cervello dei tempi di
Salomone...
Questo accade agli Ebrei.
Io sono il Gran Rabbino antisemita...
Questo è il dovere degli Ebrei.

Oh, la bella veste! la bella veste!

Il bambino che fa le bolle di sapone:

Quando sarò grande permetterò a' miei bambini di fare fin che vogliono le bolle di sapone, perchè
sono belle, sono rotonde, c'è dentro il sole, scoppiano, e le macchie sui tappeti con un po' d'acqua si
mandan via.
Papà dice:
- Guai se ti vedo fare le bolle di sapone!
Mammina dice:
- Impara piuttosto a fare il compito bene.
Io dico:
- Non sono mai riuscito a fare la terza bolla prima che scoppino le altre due.
Taracium! cium! cium!.. Quando sarò grande farò il soldato.

Oh, guarda, che sembra un Albero di Natale
quella bella signora!

*

**

(Senonchè, già stanca di udir vantare la cerulea sua veste, con quella instabilità ch'è propria delle
donne troppo lusingate la bellissima etèra Meridiana dice al suo Damo che amerebbe andarsene di
bel nuovo a diporto per la città, e sol le manca di mutarsi l'abito, ciò ch'ella farà con speditezza
mentr'egli cerchi di patrocinare la Commedia senza che gli ascoltatori languano di soverchia noia.
Con bel garbo il Damo Cavaliere l'accompagna fino al limitare dello spogliatoio, e veduta quivi una
lavatrice di panni la manda in scena perchè faccia ridere. Ma costei non è loquace, ond'egli,
affacciatosi al corridoio, vede passarvi una mascheretta che già l'uditorio accolse con qualche

mormorio benevolo durante la sua prima e rapida parlata. Non essendovi per di lì a quell'ora maschere molto allegre, il Cavalier Compare crede opportuno di mandarla una seconda volta in scena, e con brio la riconduce.)

La lavandaia:

Gli uomini somigliano alle proprie mutande, le donne al loro copribusto.

La signora che i francesi chiamano «cocotte:

Domando scusa del disturbo se vengo a parlare due volte, mentre tutti non parlan che una; ma son tanta parte nella vita sociale, che per questo - se non per cavalleria - mi si perdonerà.
Le mie lagnanze non riguardan soltanto il nome; pur troppo ne ho ben altre!
Sono da tutti maltrattata, io che faccio la dispensatrice di bene. Ho cura di non scontentare mai nessuno fra i signori che si rivolgono a me. In cambio questi signori mi denudano, - anche nelle loro conversazioni, - con tanta libertà che diventa una sconcezza! Mentre ad ogni donna si deve un poco di rispetto, nessuno vuol serbarne un briciolo per me; raccontano come faccio e come sono fatta; lo raccontano sopratutto a quelli che potrebbero, se li interessa, venire a domandarlo di persona. Espongono la mia stanza da letto come una di quelle piccole vasche dove nuotano i pesci; vi si può guardare da tutte le parti... questo mi sembra indelicato.
Inoltre m'accusano di fingere la commedia del sentimento, - la commedia del godimento, - e questo è un poco vero, ma non è d'altra parte ammissibile ch'io debba innamorarmi una, o magari due volte al giorno!
Credano i signori uomini che quando posso – quando non è umanamente impossibile... - sono sincera. Nella mia vita non c'è niente di bello: siccome sono una donna d'amore non ho l'amore; siccome sono una donna di gioia, non ho la gioia; da ultimo, poichè si dice che appartengo a tutti, non ho nessuno. E per quel piccolo denaro che mi danno con tanta difficoltà, credono i signori uomini che sia lecito non solo disprezzarmi, - cosa discutibile del resto, - ma dirmelo anche in faccia, - cosabrutale. Siccome però il mio mestiere è quello di rider sempre, queste parole un po' gravi le dico ridendo. Anzi, non ho rancore contro nessuno, e mi dispiace solo di non essere tanto ricca da poter fare come faccio, ma un poco più di rado, e scegliendo io stessa quelli che garbano a me.

*

**

(Quivi, con rapidità non lontana dalla promessa che fece, torna pronta per uscir col suo Damo la bellissima etèra Meridiana. Veste ora un abito da passeggio di squisitissimo taglio e pur semplice, con un cappello scelto forse tra mille, di così fina ed insolita eleganza che veder non si potrebbe in verità il più raro, nè quello che meglio col suo viso e con la sua foggia dell'abito s'accompagni.
«In un battibaleno, dice il Damo Compare, muto io stesso d'abito e sono con voi.
La Comare s'abbottona i guanti, poi nell'attendere si sporge fuori dalla finestra narrando all'uditorio quel che vede.

Una rondinella trasvola cinguettando sopra l'arco della finestra, ed ella traduce quel che la rondinella nel suo chiacchierìo canta.)

La Rondinella:

Son qui su la gronda
che canto gioconda...

e vedo, nelle contrade strette, la gente nera, in lunghe file, che va piano - piano - piano - e si muove come l'acqua buia nel fondo dei crepacci.
Quello che più mi stupisce degli uomini è la loro pazienza. Chissà mai cosa fanno con tanta pazienza?
Li vedo sempre schiacciarsi l'uno addosso all'altro, e li sento cantare con una brutta voce; poi quando fa notte, accendono il fuoco.
Ma perchè, se possono coi loro nidi venire così alto nell'aria dove sto io, perchè rimangono sempre laggiù nei buchi dove si trema di pericolo?
Talvolta per una finestra entro nei loro nidi e guardo cosa c'è nei loro nidi... Vedo solamente alcuni di questi uomini, che strisciano piano... piano... piano...

*

**

(Sotto la finestra un vecchio semicieco suona l'organetto di Barberia, mentre il suo can barbone con un berretto rosso fra i denti va in giro chiedendo l'elemosina. - Ed ella racconta quel che pensano il vecchio semicieco, ed il suo provvido barbone.)

L'Uomo che vive con un organetto e con un can barbone:

Tutte le più belle canzoni vengono a morir d'asma nel mio macinino; quando sono così decrepite che nessuno più le ricorda, povere belle canzoni, me le riportano via!...

Il can barbone:

Io sono il vero altruista: domando l'elemosina per mantenere un tale che non è neanche un cane.

*

**

(Ma ecco il Damo già torna, ed è vestito con un abito che s'accompagna gradevolmente anzi rassomiglia quasi all'abito di lei. Un simil fiore di gardenia immacolata biancheggia perfettamente nell'occhiello della giacca d'entrambi, ma ella porta guanti che son colore del vin del Reno, egli che son grigi come le perle grigie, con tre sottili frecce nere.
Gli archi elettrici per breve attimo spenti dan mezzo allo scenario di raffigurare la lor passeggiata.

44

Ecco, e per istrada incontrano anzitutto gran folla di commessi viaggiatori che vanno a proporre o tornano dall'aver profferite le lor merci svariatissime, delle quali camminan sovraccarichi a simiglianza di muli. Poi qui con gente lieta e là con gente cupa s'incontrano, della quale a vicenda osservando le sembianze tentano per darsi qualche svago di sorprendere i pensieri.)

Entra
il Coro dei Commessi Viaggiatori.

(Nell'Orchestra in sordina, romore di sonagli lungo e monotono.)

Oh, che dolore
fare il commesso
vïaggiatore!

Noi cerchiamo di dare lo sgambetto a chi va innanzi, un calcio a chi vien dietro; portiamo, come i cani, un collare col nome della Ditta e indosso bubboliere sonagliere campani, per essere uditi.

Oh, che dolore
fare il commesso
vïaggiatore!

«Viaggiare in un articolo, sembra che voglia dire starvi dentro come in una gabbia; invece significa tentare d'ingabbiarvi un cliente. Così, «fare la piazza, par che indichi la professione d'un selciatore o per lo meno d'un architetto; invece vuol dire traversarla cento volte al giorno, quand'è fangosa nevicosa o rovente, portandosi addosso tutto quello che si può, con un palmo di lingua fuor dai denti e scotendo a tutta forza le bubboliere, sempre con lo scopo medesimo d'ingabbiare, nella ressa, un cliente.
Ma il cliente è l'uccello più refrattario a lasciarsi mettere in gabbia.

Oh, che dolore
fare il commesso
vïaggiatore!

Entra il Coro di Quelli ch'ebbero una buona giornata.

(Nell'Orchestra, tintinni fischietti motivi d'operette gaie.)

Noi ci freghiamo le mani!

Come si sta bene al mondo! Schopenhauer, filosofo pessimista, meriterebbe d'essere messo al palo. Giacomo Leopardi non è il nostro poeta. Noi sentiamo quei poeti, quei musicisti, quei pittori, quegli autori drammatici che hanno messo nell'arte un poco d'allegria! Stasera andremo a teatro. Sì, andremo a teatro, ma vogliamo ridere: drammi niente; il Ferro nemmeno, Parsifal meno che mai! Ecco: la Presidentessa, oppure la divetta Colibrì!

Noi ci freghiamo le mani!

Spiegateci voi cos'è l'Allegria, se lo sapete? Niente: una ballerina impalpabile che balla nel sangue, una spuma di sciampagna che scoppietta e sprizza nel cervello! Non pare neanche un riso dell'animo nostro, ma una bellezza che da tutte le cose venga verso di noi.
Oggi fa quasi freddo, ma l'inverno è piacevole; questa città nella quale viviamo è piena di gente simpatica; tutto potrebbe andar meglio, si capisce, ma bisogna esser nevrastenici per parlar male della vita.

Noi ci freghiamo le mani!

Entra il Coro di Quelli ch'ebbero una cattiva giornata:

(Nell'Orchestra note plumbee, boati d'organo; accidia, nevrastenia.)

E noi tentenniamo il capo...

Cos'è il Malumore? Niente; uno sbadiglio invincibile che sembra venir su dai piedi e propagarsi per tutto il corpo; una lente affumicata che gira intorno al cervello. Forse abita in noi, ma soffia pure da tutte le cose; è una specie di vento, muto lungo filtrante, che annuvola intorno alla nostra persona; è il buio della vita che viene a galla.

*
**

(Ma non son lunghi ancora, che già il messo del teatro sopravviene di corsa per dir loro che tornino in fretta, poichè il Suggeritore Mascherato che improvvisa la Commedia sta per essere senza personaggi, l'uditorio strepita per le melensaggini che si dicono ed Egli vuol anticipare la sua parlata venendo, ma nell'assoluto buio, al proscenio. Balzano perciò in un tassametro e tornati con furia verso il teatro vi trovan alla ribalta un assessore municipale scevro di spirito che blátera, con un giornale in mano, dicendo cose a vanvera le quali scontentan il pubblico, ed un avventuriero magniloquente ma ridicolo che manda in furore la platea.)

L'assessore municipale:

I giornali dicono che le strade sono in cattivo stato. Veh, si capisce!... un dì nevica, l'altro fa sole, così di neve con sole nasce fango. Poi la circolazione di mille migliaia d'individui bestie carri eccetera, lascia un sedimento inevitabile che cresce quanto più lo si gratta. In ogni modo non posso mica scoparle io! Gli spazzini fanno quel che si riesce a fare con una scopa, com'io vado sin dove può giungere la fantasia d'un assessore sovrintendente agli spazzini! Oh, questi giornali! quando non sanno come ingraziarsi gli abbonati attaccano il Municipio. Ma il rimedio lo trovo subito: mandatemi ogni notte una pioggerella che lavi le strade, ogni mattina un bel sole che le asciughi, si vieti la distribuzione dei manifestini, si metta nell'avena dei cavalli qualcosa per produrre la stitichezza... come dice? qualche filo della mia barba? sia pure... ma in questo modo avranno le strade lucide come specchi!

Alle volte i meriti d'un uomo dipendono perfino dal tempo che fa.

L'avventuriero:

Datemi per complice l'amore d'una principessa, e le donne d'un regno mi ricameranno la bandiera; datemi per complice una guarnigione che la porti, e ne farò il sudario d'una grande morte o la bandiera d'un re!

*

**

(Per calmar l'uditorio messo a rumore dalle due non gradite maschere, Compare e Comare vengono alla ribalta, e mentre l'una sorride per conquidere, l'altro così parla:

«Giustissima è la vostra ira, Nobili Uomini e Dame Compiute che noi veniamo per servire! Ma non si faccia portar la pena di quel che dissero due maschere infeconde all'intera e numerosa nostra famiglia di comici che pur ebbe sin qui l'onoratezza, o la buona sorte, di sol-levare qualche risata. Inoltre voi sapete che una sol Voce qui parla: questo ambiguo e mascherato Suggeritore, che, venuto fra noi dall'inizio della Commedia volle a noi stessi rimanere ignoto. Aveva la morettina su gli occhi e non disse che un nome: - «Io mi chiamo il Cavaliere dello Spirito Santo. Parlerò per voi, per tutti voi, per ognuno dei centotrenta personaggi che compongono la Commedia, e vi lascerò intero l'incasso. Ma non vogliate sapere chi sono, e studiatevi bene di non profferir parola ch'io non dica. Reciterò la mia parte mascherato, ammantellato, nel buio, nell'assoluto buio, e in tante riprese quante mi piaccia. Siete una famiglia di comici della quale già noto è il repertorio in questa città: vi farò dire cose un poco dissimili dal consueto, le quali appresi nel girare il mondo. Solo, vi basti conoscere ch'io mi chiamo il Cavaliere dello Spirito Santo. E nient'altro.

Dame Compiute, Nobili Uomini, Egli è dunque per venire al proscenio; domate la vostra inquietudine perch'io temo che, forse a bel-la posta, Egli mettesse cose ridicole in bocca delle due maschere precedenti col fine poco nobile a vero dire che la sua propria parlata sembri più concettosa. Ora Egli sta vestendosi del suo mantello buio; mi prega di annunziarvi che il suo motto è questo: «Vale nec parce. Ha dunque una certa fierezza, poichè vi augura salute ma rifiuta fin d'ora il vostro perdono. Dirà cose anche lontane dalla Commedia. Disse frattanto per la mia bocca tutte le cose che finora vi parlai...

Con me la bellissima etèra Meridiana si licenzia e vi saluta.)

Pausa.

L'Orchestra in sordina

tace.

Gli Archi elettrici di colpo

sono spenti.

47

Ammantellato,
nel buio perfetto,
entra
il Cavaliere dello Spirito Santo.

Ave
ai giorni della vita che sono morti,
ai giorni della morte che son per nascere,
a voi presenti
da me invisibile
ave.

Dico male di tutti e di me stesso, non tanto per amor del bene quanto per ludibrio della verità. Ho parlato e parlo nella voce di tutti quelli che vanno dal confessore, sia questi prete o laico, assolva condanni o rida. Ma confessarsi è una sciocchezza; più grande sciocchezza è credere che ognuno porti un confessore in sè. Noi solo portiamo il nostro Pagliaccio e lo portiamo con serietà; quel giudice interiore nostro che si chiama coscienza è un altro Pagliaccio: lo portiamo con spavento.

Più che nemico degli altri, sono terribilmente il mio; gli altri mi fanno pena, laddove di me stesso mi sdegno. Quando avrete imparato a guardare, imparato a pensare, imparato a leggere nel libro della vita non solo i frontespizi ma i sottintesi, non le sole declamazioni retoriche ma quei nodi ambigui di parole dove si chiude il senso della parodia lugubre e del grottesco universale, quando avrete insomma capito che si può far a meno degli altri e perfino di sè stessi, quel giorno mi darete ragione.

Il rivolo del bene, il torrente del male confluiscono insieme dentro un lago morto che ha nome: Sarcasmo. Badate ch'io non predico la parola del Budda, e nemmeno, traverso i lirismi del divin folle Federico, la parola di Zoroastro. Il Nirvâhna del Parco delle Gazzelle mi sembra impossibile come il Paradiso delle Vigne di Galilea.

Non predico nulla perchè odio sopratutto i predicatori, nè voglio agitare scintille davanti agli uomini, ai quali è necessario, per vivere, vivere di cecità.

Non vogliate peraltro ch'io mi nomini Cavaliere del Buio! Nell'ombra sto, perchè nell'ombra nascono i pensieri. Ma ho bisogno di spezzar lance contro il mio mulino; ho bisogno d'udire il fischio de' miei staffili, se anche, dopo aver battuto, rimbalzino contro di me. Poichè nulla è voluttuoso come percuotere, quando si sappia che all'infuori d'ogni calcolo e d'ogni prudenza la percossa è giusta!

Col dir «giusta voglio esprimere sopratutto un atto genuino, semplice, istintivo dell'uomo; poichè non crediate che ami, con i criterii del pretore urbano, la giustizia. Essa è, come tante altre parole, un brillante chimico, fabbricato nei crogiuoli degli alchimisti millenarii che frodano l'umanità. Son riusciti a faccettarlo così bene, a dargli tanto fuoco, a illimpidirlo di tanta luce, che alle volte inganna perfino me. Solamente «io so guardare, e quando l'ho nel palmo, per quanto bello sia lo riconosco. Il brillante vero non si chiama giustizia; o miopi, si chiama: Ideale.

Non lo troverete mai nel mondo, mai, mai! Quindi sappiate accendere un falò e ballare intorno alla vampa dove bruciano i vostri sogni; sappiate gettare via voi stessi come un sacco vuoto nell'ora e nel momento preciso in cui siete vicini a sentirvi dii! Questa non è disperazione, è logica.

Io mi sono affacciato a tutte le finestre della vita, e da tutte le finestre ho veduto bruciare falò. Popoli e creature, secoli ed istanti rosseggiarono di questa fiamma; la cenere cala sui cimiteri, soffia su le cune, come piace al vento. Questo non impedisce che si viva, che si operi, che si distingua dal bene il male, dal bello il brutto, con entusiasmo e con assurdo; anzi rende più lieve l'anima l'aver intuito quanto grande sia nelle metafisiche dell'uomo il regno dell'assurdità. Io non son perfido, come voi mi chiamerete. Ho due giardini a casa mia, che non d'uguali piante coltivo; nell'uno cresco vincigli sterpi gramigne ortiche, spalliere irte d'aculei, piante gonfie di veleni; l'altro, poichè amo le rose, non è che un giardino di fragranti rosai. Quel primo è lo sterpaio dal quale non può districarsi il mio pensiero; l'altro è dove lascio con oblìo che mi si avvolga di profumo il cuore.

Presso la casa d'ogni uomo «che volle comprendere crescono questi due giardini, e se mi volete confesso, vi dirò che sono mortalmente triste quand'è la stagione che non fioriscono i rosai.

Io non sono indifferente, come voi mi chiamerete. Se vi occorre sorridere con una dolcezza che per voi sarà nuova, o guarirvi d'alcun male che i vostri curatori v'abbiano inflitto, venite nella casa provvisoria dove abito: questo barbaro vi medicherà.

Ma se volete, ma se volete infine giungere alla mia stessa pace, allora io conosco un fiume dov'è mestieri che prendiate il battesimo, e poi, dalla foce fragorosa verso gli oceani, meco risaliate per i suoi gorghi selvaggi verso la calma inaccessibile sorgente. Questo fiume porta un nome assai temuto fra gli uomini, poichè si chiama l'Amore; ma i naviganti che lo scoversero in antico tramandarono sopra di lui molte false leggende. Non è il basso amore degli Indi, non è il terribile amore dei Semiti, non è l'amore dionisiaco e lezioso dell'Ellade, ma neanche l'amore cristiano. È qualcosa di comprensivo e di voluttuoso che non potrò narrarvi se non quando mi conoscerete, anzi, o Personaggi della Commedia, è la totale bellezza che regna nella vita, è il nuovo Spirito Santo per il quale mi battesimo Cavaliere.

Io non sono dunque un paradossale, come voi mi chiamerete.

Ci fu nella mia prima giovinezza un'epoca nella quale mi parve che l'eroe del mio spirito fosse Don Chisciotte; gli rubai di fatti la sua lancia e mi piacquero così fortemente i suoi mulini, che dappertutto ne vedevo; dove non c'erano, li fabbricavo. Più tardi m'avvidi che Don Chisciotte aveva precisamente il torto di portare una lancia e di prendersela coi mulini.

A quel tempo Don Giovanni poteva molto su di me; commisi la ridicolaggine di sceglierlo ad eroe della vita, ma finalmente m'accorsi che Don Giovanni doveva la sua bellezza non a sè stesso nè a quel che sapeva esprimere dalle vigne della terra, ma solamente ai novellatori di molto ingegno che scrissero le sue biografie. Don Giovanni era una luminosa figura letteraria, ma tra gli uomini diventava sciatto, pedestre, goffo, ruffianesco, risibile, oltraggioso. Diventava un luogo comune: lo ricollocai ne' libri e mi riapparve un eroe della vita nella sua grande mirabilità.

Mi son provato a camminare con i battezzatori usciti fuor dalle tebaidi a spargere il seme della parola d'un dio; con i maestri della violenza che insegnarono come si muove, alzando bandiere nei giorni di ribellione, al saccheggio delle città; mi sono provato a camminare con gli umili, in silenzio, guardando la polvere; coi lirici che irradiano su tutto la voluttuosa demenza d'Orfeo; coi negatori che sovvertono e coi socrati elargitori d'anime, che forse berranno altra volta, nella coppa davvero mortifera, il veleno ateniese... ma vidi che tutti costoro non seppero mai districarsi dalle lettere dell'alfabeto per donare ai popoli della terra qualcosa di meglio nè di più.

Un uomo dissemi un giorno che v'era nell'ironia «più vita.

Un uomo dissemi un giorno che v'era nella rinunzia «più vita.

Un uomo dissemi un giorno che v'era nella sensualità «più vita.

E poi molti mi parlarono del sacrificio, molti mi lodarono l'evangelismo di questa o di quella fra le passioni che possono allettare lo spirito umano; molti mi dipinsero come sommo bene l'ignoranza e la semplicità.

Io li ascoltai tutti ma non potei credere ad alcuno.

Allora supposi che nei libri vi fosse la vita, e trascorsi ad un incirca tutti que' libri per dove il pensiero dell'uomo fece strada innanzi di giungere sino a me.

Ho trovato che il primo, qualunque fosse, fu il migliore. Aveva se non altro il dono di pensare, falsamente come gli altri, ma con una falsità semplice. Da quando si credeva che il cielo fosse un tendone azzurro curvo sopra la terra e che nel suo ragnare il buono spirito notturno v'appendesse le luminarie delle stelle, da quel tempo, dico, infino ad oggi, se il pensiero ha strappato la tenda non ha rinunziato al notturno spirito nè ad alcun'altra leggenda, e non fece che mutare i termini od ampliare le distanze.

Sicchè mi scelsi un poeta per cercare la verità nel lirismo e per credere almeno, se il falso è inevitabile, in una falsità musicale.

Omero mi parve un po' greco; Virgilio mi venne a tedio per opera di Dante; l'Allighieri, trovai che da cinque secoli troppa gente lo deificava, il Petrarca mi parve una meravigliosa canzonetta napoletana. Baudelaire, l'avevano sciupato già tutti coloro che di professione fanno il decadente; Shelley, che avrei potuto amare se fossi stato un inglese, in Italia patì l'oltraggio d'una soverchia voga.

Non mi rimaneva che abbracciar Heine; l'abbracciai. Sorpresi nel suo spirito fustigante qualche segno terribile della potenza d'un uomo; trovai bellissimo questo cavaliere solitario che crociava contro tutti. Ma un giorno venni a sapere che il Tedesco flagellatore della Germania viveva con la pensione pagatagli da un ministro Francese.

Per me non aveva più scritto l'«Idillio di Montagna; non era più crociato libero il poeta di Atta Troll!

Non pensai che avesse peccato, il povero e grande Heine, poichè «il perdono verso tutti è la prima rosa che mi sboccia ne' rosai; ma non era più il Don Chisciotte senza Ideale, quegli che ride per ridere o che ferisce per ferire!

Ancor qui debbo dirvi che «il perdono verso tutti non è punto il fior soave delle parabole galilee, ma il perdono forte, il perdono che ride, il perdono che si avventa fin su l'orlo della vendetta... poi la regala!

E nuovamente nomade, con il mio spirito e co' miei passi, fra i dedali di questa bella terra ove soltanto per nascere nascono prima-vere, vado in cerca dell'uomo che sappia essere quel che Heine non fu: - il Cavaliere dello Spirito Santo.

Poichè ad ognuno piace parlare per la bocca degli altri nonchè darsi un bel nome, in voi parlo dietro la maschera, o Personaggi della Commedia, e con voi ride su la storia d'un giorno

il Cavaliere dello Spirito Santo!

Vale nec parce, spectator!

Pausa.

Tra la fiamma degli Archi
nereggia sparendo il suo mantello
buio.

*
**

(Nel frattempo avrà mutata veste la bellissima etèra Meridiana; ed ella torna, piacevolmente conversando con quei sorrisi e quelle cortesie che si pratican nei saloni di ricevimento, - fra molto numero di signore allettevoli e dolci, le quali nella sceltezza degli abiti e nel-le delicate sembianze quasi gareggiano, benchè non tutte, con lei. Ma la scena, in luogo di raffigurare una sala, rappresenta un bel giardino di parco signorile, ove nel fondo tra l'imboschire degli annosi alberi s'intravvede lontanamente il palazzo.

Quivi è la scena tutta una fioritura di maravigliose ortensie che son di colori variati e soavissimi, da quelle tutte d'un bianconeve, quasi enormi piumini per la cipria, a quelle che son d'un roseo nativo come i più pallidi coralli o d'un cilestre tenue che par soffiato su la bianchezza dei petali come polvere di turchese.

L'ora è dolce, piove tra gli alberi una rarefazione d'aria che par risplendere, cammina un ruscello tortuosamente fra l'erbe dei prati. La Comare, bellissima etèra Meridiana, porta un abito che va con il tempo e riluce senza possedere in sè alcuna visibile cosa che brilli. È una stoffa d'un color malva con drappeggi e seterie che si tingono di viola, ma forse nelle cuciture, forse nelle bottoniere, forse tra i fronzoli della seta corre una invisibile trama di fili d'oro che lampeggia-no. Camminando trascina con negligenza un mantello di viverra o di martora, che tra il bruno e il vaio manda un colore quasi rosso, ed ella seco lo porta caso mai nascesse vento.

Son queste le signore amorevoli, che in tutta la lor vita sempre peccarono d'amore).

Il Coro delle Signore che han sempre avuto un amante:

(Nell'Orchestra una musica di dedizione, voluttuosa e varia; tutti gli strumenti.)

Dicono i Quattro Evangeli:
«Molto le sarà perdonato
perchè ha molto amato.

In attesa del pentimento, noi ci chiamiamo tutte Marie Maddalene; donne povere di virtù ma ricche di sentimento, che demmo gran filo da torcere alla gelosia dei nostri mariti. Abbiamo avuto un aman-te non appena ci fu possibile; tralasceremo solo di avere un amante quando proprio non ci riesca più. Fummo curiose, questa è la definizione; ma curiose di noi stesse, cioè di «conoscere il nostro corpo attraverso molteplici carezze. Poichè fermandoci alla prima si può anche ignorarlo, ed il profumo del-la nostra carne può tormentarci come l'odore d'un cofano chiuso; an-zi, - e non ascoltino le ragazze da marito, - anzi è molto probabile che s'ignori... Curiose fummo di sapere se potevamo anche noi, col nostro semplice corpo, provare quel che provano le eroine dei ro-manzi francesi.

Ora, dopo una lunga esperienza, possiamo dirvi che s'arriva tutt'al più, col nostro semplice corpo, a quello che provano le eroine dei romanzi italiani...

Fra la letteratura e la vita c'è una sproporzione spaventosa. Ve ne possiamo accertare noi, che siamo vittime di questa letteratura.

Oh, non saprete mai quante ragazze, un po' turbate sotto il velo di spose, pensino già involontariamente a un nome, - il nome della Rue de la Paix, che vuol dire Parigi, - o al nome d'una di quelle tante strade, un po' antiche, un po' morte, ove s'annidano i quartierini dell'adulterio, dove si consumano tutte le disgrazie o tutte le fortune dei mariti di Francia, dove si può dire che «avvenga l'amore, in quell'ora grigia sottile nascosta che piove su l'inverno parigino, fra le quattro e le sei... Sì, non c'è bisogno d'aver letto molto; il romanzo francese ormai s'è sciolto nell'aria, fluttua per l'atmosfera di tutto il mondo civile; ogni ragazza lo respira quando cominci a sentirsi donna, ogni sposa lo vive leggermente quando si spoglia, e la signora onesta lo subisce ogni volta che vede il marito uscir di casa con tranquillità. La sua potenza è tanto straordinaria, che noi cerchiamo per anni l'amante il quale ci dica una tal cosa letta in un tal libro, for-se una cosa da nulla, ma che piace come piace un profumo insolito, come piace un fiore strano...

Non si trova quasi mai l'uomo che ce la dica, e sarebbe così facile suggerirla... ma come nessuna di noi vorrebbe sciupare una musica delicata, così nessuna di noi vuol suggerirla... - e si tace. Se per caso accade che su le labbra d'un amante fluttui quel profumo insolito, sbocci quel fiore strano... oh, allora si aprono gli occhi grandi grandi, e questa volta... è l'amore!

Purtroppo non è quasi mai l'amore, per la ragione semplice che ridiventiamo curiose. Il nostro peccato fondamentale vince il senti-mento, e siamo ancora quelle che si chiameranno per sempre Marie Maddalene.

Non dovete credere che questo peccato c'impedisca d'essere madri ottime dei nostri bambini, talvolta buone mogli per i nostri mariti. Vi racconteremo d'alcune fra noi che si sono spogliate, sacrificate, sottomesse da martiri al bene d'un ragazzo cattivo o d'un marito in-giusto, e che pure non sapevano impedirsi, verso quell'ora grigia e nascosta, la loro piccola curiosità...

Nel matrimonio v'è qualcosa che non è ben risolto ancora, qualcosa di forse irrimediabile, che noi stesse non sappiamo riconoscere nè definire con esattezza. Ma certo il matrimonio del giorno d'oggi non è ancor tale che risponda pienamente allo spirito ed ai sensi della donna qual essa è venuta formandosi nella nuova società. Come si guarda in una lontananza, così a noi pare confusamente che la vita possa essere più bella di così, più viva per i nostri sensi femminili e per la nostra mente che si apre. Su dieci donne venute al loro tra-monto, ve ne son nove che si fanno buie con il cuore insoddisfatto, con la carne persuasa d'aver sciupata una grande voluttà.

Ora, vedete, questo indefinibile rimedio, questa vaga lontananza, è la cosa che noi cerchiamo nell'Amante.

Egli può non comprenderlo; infatti non lo comprende quasi mai. Succede allora che si muti, e si muti sempre con una curiosità più acre, con una fiducia meno forte, finchè il bisogno d'un amante assume per noi qualcosa di molto simile al bisogno che abbiamo di an-dare dalla sarta, o forse, - quando gli anni passano, - al bisogno di trovare sempre un uomo che sappia col suo fresco desiderio coltivare la nostra femminilità.

Egli non è più l'Amante; è «un amante, ossia nient'altro che la derivazione, la complicazione, della parola: marito.

Dunque in noi, fra molto peccato, v'è pure un piccolo senso di dolore; per questo, anche prima del pentimento, chiamateci sempre con il bel nome di Marie Maddalene.

*
**

(In questo vago giardino, così di belle ortensie come di belle donne fiorito, il Cavalier Damo ritorna con molti uomini di sua conoscenza, i quali vengono per discorrere del più e del meno in compagnia di queste amorevoli signore che, per non fare le lucrezie, sono appunto le più dilettose agli uomini.

Ed è il Cavalier Compare in abito a dorso moltissimo attillato e chiuso in cintola da un sol bottone, cosicchè la bianchezza prodigio-sa del panciotto gli forma tra i rovesci un'apertura ovale, dove scorre il nodo esiguo della cravatta scura. La tuba lucente, la mazza in legno di malacca, gli stivalini a ghetta,

l'occhialetto arguto, il capzioso fiore d'orchidea, il ciuffo del fazzoletto che gli traspare dal taschino, tutto questo insieme conferisce alla sua pieghevole persona il vero brio, la genuina compiutezza del cavaliere moderno. Con lui vengo-no l'autore drammatico più fortunato nelle alcove comitali che su le ribalte infide; lo studentello che fa le sue prime armi con qualche filosofo nubiloso e con qualche dama svaporata; l'uomo di mondo che non neglesse fra le cure galanti una sua cavillosa erudizione; l'uomo di governo che protegge con il suo portafogli qualche marito indulgente; il principe o re in esilio, che i fornitori citano per via d'usciere ma le nobildonne ossequiose chiamano ancora Maestà; lo scienziato non del tutto austero, che rivela con affabilità le sorprese mirifiche de' suoi laboratori, o trascina per i divani delle sale qualche ossigenata chioma di cometa; il medico di nervi bello e grigio, carezzato assai dalle signore, cui si compiace di scoprire, nonchè di mettere a nudo prima o poi, la fonte recondita d'ogni nevrastenia... l'uomo garbato, ch'essendo poco, adula molto; l'uomo che arriva con le tasche imbottite d'episodii gustosi, e quello che n'è vittima; colui che nel mondo si ama per la sua virtù d'eccitatore, d'ingaudiatore, d'abbellitore della vita, e colui che agli spossati nel desiderio, come alle anime ancor prese di paura, vende una voluttà più rara, che si chiama penitenza.
Ecco, entrano.)
L'autore fischiato:

Il pubblico dei teatri non è la folla passiva che assiepa le arene gl'ippodromi le assemblee le piazze le chiese; il pubblico dei teatri diventa un personaggio attivo che nessun autore drammatico ha mai saputo conoscere a fondo.
Decidere qual è il cavallo che tagli per primo il traguardo, non è - almeno in massima, - un'opinione; decidere invece qual sia la commedia che meriti applausi e quale fischi è nettamente un caso di suggestione collettiva, d'arbitrio veloce, d'istantanea psicologia.
Il buon successo, è la commedia che dispiace ad uno contro due;
il cattivo successo, è la commedia che dispiace a due su tre;
le commedie che mandano in delirio sono con indifferenza capo-lavori d'astuzia o di poesia;
le commedie che fischiano tutti, sono - certamente - irreparabili asinità.
Osservando bene la sala d'un teatro nelle sere di prime rappresentazioni ci si accorge che l'autore si dà l'aria d'un giudice, il pubblico l'aria d'un giudicato. Mi spiego: l'autore cita il pubblico, giuria pagante, a risolvere un dramma; l'autore, solo e terribile nella sua toga declamatoria, sta su la scena per vedere cosa ognuno sappia rispondere alle sue domande stringenti. Lo spettatore ha paura di compromettersi, tentenna, tergiversa, guarda volentieri quel che fa il vicino, ripete volentieri quel che affermano i commentatori più loquaci.
Benchè la faccia complessiva del pubblico sia truccata e mobile come quella del comico, su questa faccia corrono momenti vivi di rossore, d'angustia, di vergogna, di perplessione, finchè per un fenomeno oscuro la forza dei più numerosi vince, la lacrima diviene pianto, il riso ilarità.
Se fossi un pittore vorrei dipingere la faccia delle platee.
Ma non sono che un povero autor fischiato, e non ho ancor veduta, se non per il buco del telone, la faccia delle platee.

L'uomo di governo:

L'uomo viene al mondo con la mania di salire al governo, perchè il piacere della vita è di stare sopra gli altri.
Nel sistema metrico decimale vi sono due numeri importanti: Uno e centomila.

Dai giorni di Babele sino a quelli di Bebel tutta la cronistoria del genere umano si riduce alla perpetua contesa dell'Uno contro i centomila, dei centomila contr'Uno.

Molti han parlato d'anarchia come d'una efferata e nuova bellezza del pensiero moderno. Ma Bruto, - sebbenela storia gli abbia dato un altro nome, - Brutoera più nudo anarchico di Caserio, e nell'esercito d'Alessandro il Grande conquistatore dell'Asia militavano tanti anarchici petrolieri quanti oggi non ne raduna la santa Moscovia di Niccolò.

Assourdanipal, autocrate di tutte le Assirie, questo grandioso plagiario padrone del mondo conosciuto che fece copiare le Piramidi e il Tempio di Rhâ da' suoi architetti decadenti, questo magnifico e dolce Nerone ch'ebbe tutta la vita l'ossessione di somigliare a Ramsete II, poche leghe fuori dalla vertiginosa Ninive, per la bassa valle del Tigri, aveva nel riottoso Elam i suoi filosofi nichilisti e la sua piccola Patterson.

Dunque l'anarchia non distruggerà i Governi.

Il re in esilio:

La piccola valigia che porto è piena di calze rattoppate; cammino come Diogene con una lanterna in mano; però non cerco l'uomo, io cerco il Diritto Divino.

Entra il Dialogo fra Calunniatore e Calunniato.

- O Egesippo, che male ti feci mai, perchè tu vada spargendo ai quattro venti la mia diffamazione? Tu racconti ch'io trovo da vivere vendendo agli amici danarosi l'onestà della mia legittima consorte: questo è sì poco vero che, se un uomo le facesse affronto, io gli sparerei nel petto a bruciapelo!
- Buon Demetrio, giuro sui Sette Sacramenti che questa chiacchiera non l'ho bandita io per le strade. Apollione, truffatore impenitente, figlio di falliti e marito d'una ragazza che gli andò al talamo come si esce da un lupanare, Apollione il quale oggi vive coi denari che il suocero guadagna esercitando in anonimo una bisca, Apollione tuo concorrente in commercio è forse una delle fontane onde scorrono le tue calamità. Fammi la grazia di non tradire questa confidenza perchè sono padre di famiglia.
- O Egesippo, non dirò nulla, stanne certo. Sono troppi anni che mi dibatto contro la calunnia; citarmi un nome di più significa solo accrescere il mio dolore. Qualsiasi cosa io faccia non uscirò dalla mia veste di calunniato perpetuo, come tu, qualsiasi cosa tu faccia, non potrai toglierti la fama d'essere un calunniatore. Nasce la calunnia intorno all'uomo incolpevole come il bozzolo intorno al baco da seta; quando il bozzolo è fatto, come si potrà mai ritrovare il bandolo del primo filo?
- Buon Demetrio, la calunnia, quest'arma forte e sicura che uccide gli uomini a distanza, non fu mia ne' tuoi riguardi, e mi puoi credere per quello che ti dirò. Me ne sono infatti armato parecchie volte, quindi la conosco. M'hai creduto l'origine della maldicenza che ti tormenta perchè a tutti son noto come un terribile calunniatore. Infatti lo sono; mi piace avere in mia mano l'onestà degli altri, nella quale non credo; ma su te, buon Demetrio, forse per avventura non apersi bocca. Inoltre senti: non c'è mai nessuno che inventi una calunnia, le calunnie volano in giro da sè. Guarda, io cammino per le strade con un fiore all'occhiello, con la sigaretta in bocca, e nel camminare ascolto. Ascolto; l'aria mi viene a dire: quella tale è l'amante del tale; Tizio truffa Sempronio; Caio sodomizza Martino. L'aria mi viene a dire che c'è un sotterfugio nella tal faccenda, un'ambiguità nel tale testamento, un ricatto nella tal lettera d'amore... Non puoi credere come l'aria conosca tutti i segreti della sua città! Mi os-

serverai che i tre quarti, se vogliamo, di questi episodii non sono co-se vere? E sia pure, te lo accordo; ma corrono, volano, l'aria li sa. Puoi chiudere tutte le finestre all'aria? Puoi soffocare la sua voce volubile, vasta, che filtra per ogni serratura? E chi le inventa queste calunnie? Altro mistero. Non io certo, buon Demetrio, non io che faccio il calunniatore!

- O Egesippo, e dunque perchè lo fai?

- Buon Demetrio, per molte ragioni. Talora per inavvertenza. L'a-ria m'ha soffiato nei timpani una favoletta graziosa, ed io senza troppo esaminarla, così, tra il fumo d'una sigaretta, la ripeto. Altre volte perchè non conosco la persona designata nè mi preoccupo del male che possa venirle; oppure perchè appunto la conosco, non è di quelle che amo, e calcolo fumando la mia piccola vendetta. Se bene osservi, o buon Demetrio, ti accorgerai che due persone le quali parlan insieme oltre i cinque minuti van sempre calunniando qualcosa o qualcuno, perchè nella vita c'è un istinto di sopraffare gli altri che non dorme quasi neanche nel sonno e, secondo le battaglie, afferra l'arma che può. Nelle conversazioni degli uomini l'argomento è sempre uno solo: parlare «di sè o parlare «per sè, quindi, rovesciare gli altri. Esamina la tua coscienza, buon Demetrio, e vedrai che forse, tu vittima, sei stato sovente il sacrificatore.

- O Egesippo, talvolta mi son difeso con impeto, e per difendermi dovetti assalire.

- Buon Demetrio, hai fatto bene; hai fatto solamente quel che faccio anch'io.

Lo studente mondano:

Mi mette in un grave imbarazzo, bella signora! Trovarle un aforisma, una sentenza, un pensiero d'uomo celebre per il suo album d'autografi? Ne so tanti che non saprei quale scegliere... ecco, le scriverò un motto di Niszche: - l'imperativo categorico sono Io!

L'erudito:

Questo motto non è di Federico Nietzsche, ma di Federico Hebbel un genio appena scoperto e che pare abbia creata la Germania.

Tanto per mettere le cose a posto, Nietzsche si scrive con ti-zeta-esse-ci-acca (ovverossia: tzsch).

«Niet, in russo, vuol dire: no; «zsche, non vuol dir niente.

Sono sicuro che non vuol dir niente in nessuna lingua, (viva nè morta), salvo forse in esquimese, idioma che mi dolgo d'ignorare.

NB. Per me l'ignoranza è un dolore, per altri una beatitudine; non credo quindi ozioso aggiungere che Federico Hebbel (- con due b -) è nato a Wesselburen nell'Holstein, il giorno 11 di Febbraio dell'anno 3; verso - (pare) - le nove di sera. Quel giorno - (anzi quella sera)- nevicava.

L'adulatore:

Il signore di La Rochefoucauld ha detto: «L'amor proprio è il più grande di tutti gli adulatori. Io sono dunque «l'amor proprio degli al-tri. Quando mi vedete adulare il mio prossimo, voi credete sempre che vada chiedendogli qualcosa per me. Non sempre. L'adulazione è anche una gentilezza dell'animo, una gentilezza servile, ma gentile. Io vedo con molta evidenza i meriti del mio prossimo, anche i più piccoli, anche quelli che sono solamente un desiderio, - e li lodo. Fra il pessimista che vi critica a tutt'oltranza e me che scopro il vostro valore più insignificante, non son forse nella vita un compagno più benefico io? Sì credetemi, c'è nell'adulatore uno spirito servidoresco e da ruffiano ma v'è anche un segno impercettibile di nascosta bontà.

L'astronomo:

Più che una scienza, l'astronomia è un istinto della razza umana, perchè non v'è creatura che passi nel mondo senza chiedersi cosa mai sono le stelle.

Sono i vertici dell'infinito, lo spazio che non finisce mai. Ma v'è qualcosa che va più lontano, che giunge anche al di là dall'essere: il nostro pensiero; e forse le stelle brillano solamente nel nostro pensiero.

Lo Zodiaco nell'Almagesto era un disegno semplice, ora è diventato un labirinto come la nostra vita perchè noi complichiamo anche il cielo. Tolomeo Copernico Keplero Newton sono le spinte per cui l'Universo da immobile divenne roteante; può darsi che a furia di moto si stanchi e si torni a fermare. Bisogna che l'astronomo possieda molta rettitudine per non diventare un astrologo; noi vediamo infatti succedere cose tanto sublimi ed inverosimili che siamo tratti ad immaginarne di più inverosimili ancora. L'universo è appena microscopico per l'uomo che non conosce l'astronomia; nel cervello d'un uranologo v'è tanto infinito quanto non ne contenne il sogno d'un popolo morto, l'anima d'una età spenta; eppure viviamo anche noi delle vostre cotidiane miserie, vicini, assidui, senza che questo si veda.

Il frenologo, medicatore di nervi:

In tutti gli uomini c'è' un pazzo; badate che non si svegli. Quando l'uomo sano fa un ragionamento il suo pazzo interiore cerca di capirlo, poi gli dice: - Non è vero. Quando l'uomo sano è molto triste il suo pazzo interiore scoppia dal ridere. Il pazzo interiore ha una grande ammirazione per l'uomo sano e cerca d'imitarlo, però se questi non si sorveglia prende il sopravvento ed è il pazzo che crede d'essere diventato l'uomo sano.

Vi avverto che il ragionamento è un segno di pazzia; l'uomo sano agisce con istinti ragionativi ma riflette poco. L'amore della gloria è anche una pazzia.

Vi avverto che la mancanza di ragionamento è anche segno di pazzia; la donna sana agisce con istinti irragionevoli, ma riflette molto. L'amore della donna per il sacrificio è anche una pazzia.

Entra il Dialogo fra il Mercante d'afrodisiaci ed il Maestro di penitenze.

Cantaride! fosforo! zenzero!
Cilicio... preghiera... pietà...

- Dioniso ardente, rosso celebratore della vita, ghirlanda barbara e folle della vittoria primordiale, io Antonio re della Tebaide, re dei taciturni, ti saluto.
- Antonio angoscioso, nemico acerrimo della parola Voluttà, squallido epicureo, satrapo della rinunzia, ti saluto.

- Dioniso ardente, forse tu vieni dal Convito che uccide nutrendo, che ubbriaca i sensi di torpore; lo spirito dell'orgia ti vive nella carne come la fiamma nei tulipani rossi. Hai sentito gemere la nudità nelle tue braccia con un grido che non ti parve mai forte, hai voluto che la gioia ti desse con delirio il suo dolore più vuoto.

- E tu, angoscioso Antonio, forse vieni dall'Astinenza che nutre spossando, che ubbriaca i sensi di tentazione. Forse vieni da un sacrario pieno di silenzio, dove il profumo che arde negl'incensieri è il profumo della colpa, dove la grande ombra dei colonnati è sonora di musica, dove la parola più casta è gonfia di voluttà. Hai messo i tuoi nervi nudi a contatto con le frenesie della vita e mentre li recidi quel gemito che ne sgorga è gioia. Vieni forse dal predicare che la colpa sia nel desiderio, affinchè nella ricerca dei desiderii da uccidere la diligenza iscopra fin quelli che non sarebbero stati mai. Salutami, o suo profeta lontano, il Cavaliere Cristo!

- E tu, suo pertinace coribante, salutami Pan!

- Pan, - forse non lo ignori, - è morto. «Parce sepulto quibusque cecinerunt! Io, Voluttà dionisiaca, vivevo prima della sua nascita, come tu. Voluttà rinunziatrice, prima di Colui che cantò nel mondo i poemi della tentazione. Noi siamo, l'uno e l'altro, i due fondamentali colori della vita; l'uomo non può chiamarsi che Antonio o Dioniso, Dioniso l'inebbriato oppure Antonio il santo. Alle cose del mondo bisogna ministrare lo zenzero o infliggere il cilicio, altrimenti sono la morte. Chi di noi sia più voluttuoso, nessuno, mio squallido avversario, ben sa. E nemmeno chi vi metta più cerebro e chi più sensi. L'uomo vivendo cerca l'eccitazione, perchè nelle sue midolle v'è qualcosa che perpetuamente si spegne. Ad alimentare la fiamma vacillante vi son due materie che brucian come resine: lo zenzero e quella che tu inghiottivi nel deserto polvere di locuste.

- L'una e l'altra, o Dioniso ardente, le son droghe terribili che affrettano la morte.

- Ma regalano agli uomini, o Santo, la delizia del piacere artificia-le. I nostri sensi, ahimè, come natura li fece sono povera cosa, quando il cerebro in essi non scenda e con divini malefizî non li esalti. O Santo, e la gioia dell'uomo è una finestra pallida che s'apre davanti all'incendio... l'anima è l'ala dei sensi, il volo di tutto l'essere verso un impossibile godimento. Noi siamo appunto i Maestri che al bivio insegnano le Due Strade. Il parossismo è ciò che seduce gli uomini; ma siccome la natura foggia esseri calmi, per giungere al parossismo è necessaria, come ti dissi, la droga; i folli son coloro che in addietro, dal sangue atavico, ricevettero troppa droga. Epoche intere van-no per la tua sparsa di rovi, o per la mia ricca di pampini e vendemmiata strada; ma la meta che invano si cerca è sempre una, chiamala se vuoi salvazione, se vuoi felicità.

- Ben dici, o Dioniso ardente; ambedue traversiamo la Fiera umana, la rumorosa ondeggiante Fiera ove s'ergono di contro la Basilica ed il Teatro, dicendo agli uomini dubitosi: «Volete voi vivere con più respiro e con più sete? Noi diciamo: «Ecco la droga! Tu vendi, o Dioniso, il tuo zenzero caldo, muscoso, profumato, che provoca delirii fosforici e spossa come l'uccisione; io vendo i miei cilici freddi aridi aspri, che ognuno da prima respinge finchè l'abuso del tuo zen-zero non gli scopra come il dolore possa divenir gioia. Noi siamo, hai detto con evidenza, i due colori della vita: perchè una bellezza sia bellezza, una passione passione, un vizio vizio, bisogna, o Dioniso ardente, che s'accenda nel colore d'uno di noi. Se l'Umanità ci mettesse a morte, avrebbe rinunziato a vivere o scoperto Dio.

Cantaride! fosforo! zenzero!
Cilicio... preghiera... pietà...

*
**

57

(Ma d'improvviso, mentre nel giardino delle ortensie, di così variate amenità si conversa, un leggero velario di nuvole scende su la bocca d'opera ed al proscenio rimangono soli presso la nicchia del Suggeritore il Compar Damo, Cavaliere della Films, e la Comare, bellissima etèra Meridiana. Costei dice:

«Fra un attimo il giardino sarà distrutto e su gli sterri delle vaghe ortensie vedrete correre il marciapiede, il marciapiede formicolante frettoloso e tardo, pieno di forza e d'indecisione, che serpeggia co-me un cavo d'acciaio nel cuore delle capitali camminanti. Sarà verso quell'ora della sera, quando le vetrine lanciano a gara su l'ombra della folla su gli asfalti neri la loro luce violenta e livida, mentre infuria sotto il telaio dei fili elettrici l'ira dei campanelli fra lo stridore delle cigolanti rotaie, l'ansia delle cornette rauche, lo schiocco e il sibilo delle fruste, il rumore ondoso delle moltitudini, lo strillo monotono de' giornalai. E vedrete passare in questa fantasmagoria di vita crepuscolare, le povere mercantesse di voluttà che per la strada vendono l'amore. Il marciapiede formidabile come un torrente in piena le ha prese nella sua corsa torbida, e finchè non vacillino tramortite, finchè non cadano morte, il marciapiede non le lascerà.

Dietro queste donne imbellettate, o troppo giovini o troppo vecchie, derise ma forti, percosse ma brutali, che al volgere di quest'ora fosca intraprendono la giornata, vedrete alcune maschere del marciapiede camminar d'un passo frettoloso per inseguirle, o timidamente rispondere alle lor occhiate procaci.

Ecco, e la Nuvola s'alza.)

Entra il Coro delle Belle Ragazze Notturne:

(Nell'Orchestra in sordina il rumore della strada, cupo e forte.)

Fernanda Smeralda e Mimì
sono fioraie della via,
vendon ad ogni manigoldo
il fior d'amore per un soldo.
Sciaman fuori all'Avemmaria,
rincasan ch'è già chiaro il dì,
e dicono: - «Bravo signore,
comprate il mio piccolo fiore
che sa odore di pacciulì!

Un crespo di capelli finti,
un'occhiataccia d'occhi tinti,
fan: psst! al cagnetto Buby...
e son fioraie della via
Fernanda Smeralda Mimì.

Avevamo un protettore: Francesco Crispi, Per sciagura dell'Italia Francesco Crispi è morto.
Adesso i nostri protettori ci prendono a legnate, vogliono vestirsi come il Principe di Galles, fumare come il Gran Turco. La squadra del buon costume ogni tanto ci sfratta in branco ed in malo modo

come bestie contagiose, ma siamo farfalle notturne avvezze a quei trenta lampioni e torniamo ad una ad una sul nostro marciapiede perchè ci soffoca tetramente la nostalgia della città.

Abitiamo, ai quarti piani delle case ambigue, certe camerette sinistre dove c'è una catinella che dondola nel suo cerchio di ferro, un asciugamano giallo, un canterano mezzo vuoto che scricchiola, con sopra una boccia di cristallo appannato, un ferro per farsi i ricci, qualche spillone rotto, una fotografia. Si sente l'odore della povertà e l'odore tenace dei visitatori che vi rimangono venti minuti.

Qualche volta sul davanzale della finestra nasce un geranio tisico, spuntano da un piccolo vaso le foglioline dell'erba ruta. Il nostro scendiletto, su l'ammattonato ruvido, rappresenta quasi sempre un geroglifico di pomi od un intreccio di grappoli d'uva.

Quando si muore, i preti hanno schifo di toccare il nostro letto, i medici guardano attenti se qualche moneta ultima luccichi sul tavolino, tintinni ancora nelle tasche della borsetta vuota. Così è.

Nei sifilicomî si vede la miseria del mondo, la disperazione del mondo, assai più che in galera. Così è.

E lo scopo della nostra vita è di salire quante più volte si possa in una notte quelle nostre scale buie fredde anguste, con un cerino fra le dita, mentre un uomo silenzioso vien dietro e nel salire ci tasta i polpacci.

E il difficile della nostra vita è quello di soffermare sul marciapiede, all'angolo d'un vico deserto, il nottambulo di buona volontà. Fin che abbiamo venticinque anni ci lasciamo vedere di faccia, sotto un lampione; poi di profilo, a testa bassa, dove la strada è buia.

E la bellezza della nostra vita è d'avere un amante anche noi, che ci faccia male ma che ci faccia piangere, che muova nelle nostre amiche più giovini qualche gelosia, che abiti per più di venti minuti la nostra vita deserta.

Bere con lui verso il mattino, dietro l'invetriata fumosa d'una bottiglieria notturna, - quando già le strade cominciano a popolarsi d'ombre veloci, e quando fra poco avremo sonno, - bere con lui che bestemmia una tazza di caffè bruciante, un bicchierino di mistrà forte, questa è la gioia che possediamo noi, malvagie creature senz'amici nel mondo.

Portiamo, quando son arrivate fino alle nostre piccole sarte, le mode faticose delle signore parigine, che non lasciano camminare come Dio volle o che nelle notti d'inverno ci fanno rabbrividire dal freddo. Se un piccolissimo cane bizzarro diventi nostro e qualcuno gli faccia male, siamo pronte a batterci ferocemente per lui. Dove c'è da rubare si ruba, o talvolta, se un uomo vuole, si ammazza.

Siamo già così piene d'infamia nella stima degli altri, che fra il delitto e noi c'è ben poca distanza.

Il giorno più triste dell'anno è la sera di Natale; a messa, quando l'organo canta, si piange di malinconia.

Noi siamo fuori dalla legge, il nostro diritto non esiste: mentre di tutte le colpe la società studia un perdono, a noi, se anche siam timide, nessuno parla mai di perdono.

Del resto non lo vogliamo! è un torto credere che si diventi a poco a poco la Bella Ragazza Notturna, è un torto pensare che siamo colpevoli: si nasce così...

E son fioraie della via
Fernanda Smeralda e Mimì.

Il Negro che ha il diavolo nei piedi:

I poveri negri sono la gente migliore del mondo: sanno fare tutte le musiche più difficili con la suola delle scarpe, sanno dare coi pugni certi «swings così terribili che nessun bianco può sopportare; ma i negri sono buoni e picchiano soltanto quando son ubbriachi.

Noi vogliamo bene ai bianchi, non troppo in verità, ma quel tanto che possiamo, perchè hanno molti buoni dollari e molte belle donne tutte bianche; loro invece vogliono farci andar via dalla terra dicendo che beviamo troppo gin.

All right! Bisognerebbe dunque picchiarli di santa ragione anche prima d'aver bevuto il buonissimo gin!

Oh, guarda che bella ragazza! e mi chiama biondo!?... Biondo io?... veh! non me n'ero mai accorto!

Il vegetariano:

Come avrei potuto far parlare di me le mie conoscenze qualora non avessi fatto il vegetariano? Si dice d'un uomo che vegeti quando mangia ogni sera la sua fetta di manzo e vi tracanna sopra un quartuccio di vino. È un controsenso: quel mangiatore di cadaveri fa la iena, mentre chi vegeta sono io.

La carne offre già bastevoli tentazioni senza che la si mangi, e co' prezzi attuali di questa merce sanguinolenta l'idea vegetariana farà passare qualche brutto quarto d'ora a quegli scannatori cotidiani che si chiamano macellai.

Nel regno vegetale sta l'avvenire dell'uomo; il Codice Napoleoni-co potrà essere venduto all'asta quando tutti si nutriranno di bietole o di spinaci; vivremo certo meglio, forse più a lungo, e faranno fallimento i dentisti.

Per capire la civiltà bisogna crearsi una pancia moderna.

Oh, guarda che bella ragazza! E mi chiama: giovinotto! Vado per i quarantasette... ma ecco i vantaggi della mia dieta! Vegetariano sì, tuttavia la carne in letto mi piace, anzi me ne piace molta.

Il bibliotecario:

Il libro è ciò che rende vere per sempre le cose non vere del mondo.

Oh, guarda la bella edizione! rilegatura di lusso! Olà! se non costasse troppo caro per la mia borsa... E mi dice: moretto!... Moretto io? se non ho un pelo?...

L'uomo che ha «la sua concezione del mondo:

In principio v'era un circolo di fuoco.

In questo circolo cadde un granello di materia ch'era il Nulla e parve Materia perchè il fuoco non aveva mai conosciuto in sè nè all'infuori di sè, altro che fuoco.

Ma il granello era incombustibile e in dodici milioni di quadrisecoli, col vento che faceva roteando, spense una gran parte del fuoco.

Il granello era il Centro; nel Centro v'era l'Immobilità; l'Immobili-tà roteava; il movimento fu Dio.

Allora il granello divenne un pugno di materia, il pugno divenne la montagna, la montagna divenne l'astro, l'astro divenne l'Infinito.

Dopo settecentotredici bilioni di quadrimillennii, uscendo l'elissi mondiale dalla sua decima fase risolutiva, nella materia entrò il Sof-fio, cioè il movimento non più roteante bensì verticale, e quindi capace di generare la Vita.

Fu allora che apparve su la Terra già decrepita, l'animale Anteuomo, grande come una sovrapposizione di almeno quattro mammuts, con un occhio solo su la sommità del cranio ed una barba tale che, incendiandosi, bruciava per oltre ventiquattr'ore.

Il resto ve lo spiega Darwin.

Oh, guarda che bel fossile! Cosa dice? se vogliamo andare a divertirci?... peuh... peuh... e perchè no?!

Il domestico del signor Principe:

Voglio permettermi di dire una sentenza del tutto nuova, ed in francese, lingua che pronunzio molto bene:

«Il n'y a pas de grand homme pour son valet de chambre.

Oh, guarda che tipetto chic! Per stasera che son libero non mi andrebbe neanche male... Come dice?... comment, comment? vous êtes Française?... oh, mademoiselle!...

*

**

(Quivi s'avanza verso la ribalta il Compare, Cavaliere della Films, che volge all'uditorio queste affabili parole:

«La cura somma che ho di non offendere con equivoche argomentazioni o con evidenza di cose non timorate i fini timpani e i verecondi occhi delle Nobili quivi convenute Patronesse nostre, mi vie-ta che la Nuvola tardi oltre nello scendere su queste ambiguità stradaiuole. E scenda la Nuvola con ispessore, più rapida che non salì!

Volge nonpertanto la decima ora della Commedia, nè potrebbe la Dama ch'io servo rimanere oltre senza mutarsi d'abiti. Le strade a quest'ora, Messeri e Nobildonne, sono pressochè deserte in vicinanza del teatro; a vero dire non saprei qual personaggio mandarvi alla ribalta, che non vi sia causa di sbadigli, bensì vi disannoi nel tempo come sapete non fulmineo che la bellissima etèra Meridiana disporrà per il suo decimo vestimento.

Noi sappiamo che il Cavaliere dello Spirito Santo, nella prima parlata che fece, non riuscì molto gradito al pubblico, il quale assai più cose voleva da un tale fattosi annunziare con tanto buio. Lo s'incolpa d'aver dette improvvisazioni alquanto saltuarie, poi con una forma or di parabola or di satira che non parve nè limpida nè gusto-sa. D'acritudine sopratutto e d'orgoglio lo si accusa per il suo motto: «Vale nec parce, che modesto infatti non è.

Ma se troppo tedio non vi lasciò negli spiriti questo nomade Cavaliere dell'Oscurità, ecco Egli mi prega d'annunziare che fra poco tornerà su la scena, per parlarvi di cose che non saranno l'amore bensì molto vicine all'amore, e parlarvene chiaramente, sì che alfine possiate comprendere questo Cavaliere chi sia.

61

Poichè aveste la buona grazia di ridere a la celia del negro che s'intese chiamar biondo, vogliate, amabili Patroni e Patronesse, ridere con altrettanta schiettezza delle cose ch'Egli vi dirà dall'ombra, con l'intendimento particolare che la seconda sua parlata sia triste.
Ecco, Egli viene.)

Pausa.
Gli Archi elettrici di colpo
sono spenti.
Un Violino canta solitario
lontano.

Buoni e piccoli amici miei, sparsi per la terra grande che ho traversata sognando, immaginate ancora una volta la malinconia del mio cuore nomade, che viaggia dentro di me senza morire nè vivere, cullando una profumata morta nel suo letto più voluttuoso, nella coltre fatta con il mio spirito per lasciarla dormire, nel vuoto sacrario d'una tomba che soltanto è rovina, ma che a volte per lei s'inazzurra come un bel cerchio di paradiso!

Talvolta per divertire costei che dorme, bella tra le sue fasce morbide com'era bella in vita, io l'adagio in una stellata vetrina di limpidi cristalli, pieni di rogo e di sole come se ancora chiudessero in sè l'anima della fiamma che li produsse; con paura l'adagio in questa vetrina stellata al pari d'una bella morta nella sua veste nuziale, con il capo alto su tre guancialetti morbidi così che senza fatica possa chiaramente guardare nel mondo. E vado in giro di lei scotendo incensieri di profumo, adunando a' suoi piccoli piedi le ghirlande più vo-luttuose che manda la primavera.

Io l'amo, questa piccola morta; è il mio cimitero nascosto; è la donna che amai.

Talvolta nei giorni d'estate, quando l'ora scende tra una fiamma di nuvole dagli orli di fuoco ed il colore dell'ombra pénetra per l'emisfero dondolante come le ventate immense di profumi che dalle praterie di montagna salgono per invadere l'azzurrità, quando l'ebbrezza del polline ubbriaca i giardini e dalle case degli uomini cominciano i frastuoni a volar via, quando la sera come una voce senza limiti porta verso le vertigini del sentimento i sogni che non possono dormire... talvolta io siedo presso il capezzale della mia piccola morta, e guardandola nel suo profilo perfetto incomincio a parlare con lei.

Non le parlo con parole definite, poichè, sia pure nel lirismo, la parola è troppo rozza per esprimere alcune malinconie; ma come da un violino invisibile, di cui le corde fossero i miei sogni ed archetto l'amore, a questa morta lontana e prossima suono le canzoni più inverosimili che musicista compose mai.

La morta che dorme nel mio cuore come la bella nel bosco addormentata, per un prodigio di musica e d'evocazione lentamente rinasce dalla morte, muove come da un letargo vinto il collo soavissimo, dischiude le labbra respiranti, apre gli occhi d'una volta, i calmi occhi d'una volta, e nel suo miracolo mi guarda.

Sapete voi chi sia questa bella nel mio cuore addormentata? Volete voi conoscere la sua storia, o nomadi amici dispersi per la terra distante?

Camminava. Era una Bellezza venuta per traversare il mondo, per dare a qualche anima tetra la pace ch'ella portava con sè. Camminava con una forza disperata, con un viso di sfinge, mascherata e limpida, senza peccato ma forse crudele; camminava con voluttà e con sperpero, incomprensibile, accanita, come portasse nel cuore la tempesta ma nel colore degli occhi una infinita serenità...

Un giorno di sua mano si spense.

62

Morì nella primavera della città più grande, morì sola, senza gettare un grido, come si esce da un giardino.

Aveva buttato in faccia alla vita la sua bellezza terribile, come una donna irata lancia un mazzo di violette fragranti su la bocca abominevole dell'offensore. Aveva detto di no al destino che la voleva sottomettere, s'era uccisa con enigma e con splendore, come da sè, prima di lasciarsi vincere, s'uccidono i veri Ideali.

Ecco perchè le canto canzoni tra un profumo d'incensieri e di ghirlande, nei crepuscoli dei giorni d'estate.

Personaggi della Commedia, Maschere in cerca del carnovale per la terra distante, non avete forse ancor voi «una morta che vi dorme nel cuore come la bella nel bosco addormentata?

Cercatela e datele fiori, ch'ella dev'essere in voi, perchè nessuno può viverne senza, come senza di lei non vive

il Cavaliere dello Spirito Santo.

Vale nec parce, spectator!

Pausa.
Tra la fiamma degli Archi
nereggia sparendo il suo mantello
buio.

(Quivi, riaccesi gli archi elettrici, vedesi che la scena rappresenta un serraglio di bestie feroci durante la rappresentazione di gala, in una di quelle fiere suburbane che il nobil fiore della città per tradizione ama di visitare. Così, rimpetto al gabbione centrale tutto inghirlandato di lampadine elettriche, sta raccolto un pubblico assai raffinato e ciarliero: giovini ufficiali e giovini di mondo con le loro amanti, signorine con istitutrici, dame in crocchio ed operosi cavalieri che le salvaguardano in quei paraggi fuor di mano dalle insidie molteplici dei contatti plebei. Su l'impalcature a tribuna dei secondi e terzi posti fa ressa un gran popolo che svillaneggia le dolci fiere sbadiglianti nelle lor gabbie anguste. Una maledetta orchestra di flauti e tromboni fa più male ai timpani che la risata malvagia del giaguaro, il pianto canino dello sciacallo ed il singhiozzo famelico della iena, mentre il banditore che su l'ingresso fa sbertucciare una scimmia, grida con iraconda raucedine che lo spettacolo incomincia! Un bambino, che ha l'imprudenza d'allungare la mano verso le barre contro le quali sonnecchia un leone accidentato e polveroso, vien redarguito con una burrasca di «teufel! teufel! da una specie di bestia-rio alemanno che porta un mezzo camicione blu e va rovistando le gabbie con un lungo arnese di ferro terminato a bidente; tutta la scala cromatica delle bestemmie ferine lo accompagna man mano ch'egli s'avanza di tana in tana. L'orso passeggia nel corridoio a braccetto del suo custode, si dondola e guarda le belle donne; la zebra mangia nel palmo d'un sergente di cavalleria; il canguro batte le sue manine facendo un salto avanti un altro indietro, per la tirannia dello spazio; l'elefante ha un grande successo personale con la furberia della sua proboscide; il gabbione delle scimmie attira il maggior numero di curiosi, forse per la speranza inconfessabile di vederle abbandonarsi ad alcuna delle loro preferite oscenità.

Ma quasi più che le prodezze o gli stiracchiamenti dei feroci animali, occupa di curiosità il pubblico la straordinaria eleganza della Comare, bellissima etèra Meridiana, che pare a bella posta essersi adornata di tutto quanto il regno animale fornisce con rassegnazione alla civetteria della donna. Piume

63

d'uccellini microscopici che in duecento non fanno un pennacchio, pelurie di sott'ala strappate vive ai marabù perchè sien più soffici, oppure quella pelliccia della doppia morte che fa uccidere la madre onusta con il suo pargolo non nato, affinchè la pelle che non vide il sole possieda la tenuità d'una carta velina e di pelo sia così docile che sembri temere un soffio.

Questo costoso e molle «breitschwanz, pelliccia della doppia morte, raso dell'agnelletto di Siberia, che traluce e svaria da sè, pie-no d'iridi e pieno di fiori simili nel disegno a quelli che fa il gelo su le vetrate, questo è il mantello che trascina sopra una rude scranna da serraglio la bellissima etèra Meridiana, lasciando che ne piova sino a mezzo il dorso un collo d'ermellino così dovizioso e nitido che sarebbe impossibile non guardare a lei, per quanto spalanchino fauci sanguigne le splenetiche pantere.

Una pioggia di paradisi le rabbuia la nuca, tenuti fermi nel feltro del cappello da fibbie in filigrana di diamanti; i suoi stivaletti a bottoniera han l'asole cucite con filo d'argento e i bottoni son diaspri o topazî varianti che accompagnano il colore pressochè indicibile del cuoio, del cuoio ch'è fatto come d'una composizione di materie soavi, nelle quali entrino a far parte viole di Parma e rose tea, quel viola e quel giallo dell'indaco sciupato e dell'oro spento.

Ciò che della sua veste apparisce è una specie di damasco arricciato e mutevole, con trame di fiori che paiono abbracciarle il busto. La borsetta a maglia d'oro che regge al polso è un lavoro d'oreficeria fino come un pizzo, e la mano sua non inguantata risfavilla di tanta luce che forse il pitone se ne incanta.

Il Cavalier Damo è severamente abbottonato in un soprabito scuro, dal quale il sarto del re d'Inghilterra volentieri prenderebbe ispirazione; la sua cravatta è di quelle che si fanno a gala, punteggiata ma pressochè invisibilmente; il cappello tondo ha quella giusta piegatura d'ala che conviene all'anno in cui viviamo, e la tondezza precisa che dettò l'arbitro cappellaio londinese. Portar fiori dinanzi alle fiere non sarebbe cosa gran che designata, e vedremo che all'occhiello il Cavaliere della Films ha messo il piccolo nastrino rosso della sua decorazione, come si usa in Francia.

La scena è collocata in modo ch'egli si trovi presso all'etèra bellissima, Dama della Doppia Morte, ma poco lontano altresì dal proscenio, e trascorso appena il tempo sufficiente perchè il pubblico del teatro si diletti con il piacere degli occhi, egli s'avanza e dice:

«Dame Compiute, Nobili Uomini, per far cosa che un poco divarii dalle consuete ammaestranze di fiere, io, - che per avere trascorsi molti anni nell'Affrica tenebrosa e nella indomita Borneo press'a poco intendo l'uniforme linguaggio delle fiere, - mentre voi con gli occhi osserverete le bellissime giullerie ch'essi animali fanno, io grado a grado e fin dove comprenda vi tradurrò a puntino le cose che vanno dicendo. Caso mai fossevi taluna celia che rischi di suonare oltraggio per noi cristiani, vogliate vi prego indulgere alle fiere, le quali son use da chissà mai quanti mill'anni a deridere l'uomo, poich'esse, le maligne bestie, a maraviglia intendono il parlar nostro, ma sanno pur troppo che non su millantamila un sol uomo si trova, dal quale venga inteso il conversamento ch'esse fanno.

Ora, vedete, la rappresentazione comincia.)

Programma:

Il Crotalo Rabdakamaï, serpente a sonagli.
Le Cinque Tigri del Bengala, presentate In libertà dalla domatrice Nouma-Hawa.
L'Elefante Ahmed-Alì.
L'Orso Teddy.
L'Ultimo degli Atzechi.

Nouma-Hawa:

Questo Crotalo, o signori, che dal collo mi pende come una doppia formidabile collana, è lungo 3 metri e 40 centimetri, pesa 66 chili a ventre vuoto, e sorpassa i anni d'età. Prima di avvicinare questo serpente velenosissimo al quale ho dato il nome di Rabda-Kamaï, che in arabo vuol dire Desiderio dei sensi, devo lungamente stregar-lo con la melodia del flauto magico, finchè non lo veda come una chiocciola di spirali, con il capo dritto, rimaner fermo nell'incanto.

Il Crotalo Rabdakamaï:

Questa madama Nouma-Hawa panciuta come una bufala e paurosa come una gazzella crede di adularmi quando invece mi calunnia. È ben vero che fischio talvolta, nei momenti d'allegria, ma la storiella che mi piaccia la musica è tutta un'invenzione. Se io potessi prendere un uomo e presentarlo in una baracca di serpenti laggiù nel mio paese, direi:
«Rispettabile pubblico: questo è l'Uomo! l'animale che inventa tutte le bugie, che rovina tutta la semplicità della vita; un ipocrita pericoloso, un fatuo crudele, che si proclama re del creato perchè sta in piedi su due gambe, esattamente come fanno le gru. È il solo, fra tutti gli animali, che non abbia compreso la vita.
Ecco; ed ora tiriamo fuori la lingua per far piacere a Madama.

Nouma-Hawa:

Avrò adesso l'onore di presentare a questo rispettabile pubblico le mie cinque Tigri del Bengala, catturate nella Jungla or son tre mesi a prezzo della vita di sei cacciatori indigeni, quelle stesse che sbrana-rono ad Amburgo il celebre domatore giapponese Ito-Matsu.

Le Tigri del Bengala:

Che cosa sia la libertà noi sappiamo ad un incirca, per averlo inteso raccontare da un vecchio Leone cieco e proverbioso il quale sempre ci ripeteva: - Ragazze, non lasciatevi andare ai vostri nervi! Siate ubbidienti, state al vostro posto, mostrate i denti con un bel sorriso, ma non graffiate mai: è il solo mezzo per far la tigre presso l'uomo. Sì, ragazze mie, l'uomo è una bestia che sente il bisogno di farsi applaudire.
Poi cantava, con la sua vecchia voce, alcune belle canzoni della Jungla che facevano piangere; narrava certe lunghe storie che s'ascoltavan a bocca aperta con l'anima piena di malinconia... Noi non l'abbiamo veduta la Jungla immensa e terribile, perchè siamo nate in gabbia, e questo celebre Ito-Matsu è precisamente il domatore che fece la nostra educazione.
Certo non è una bella cosa parlar male dei morti, ma la buon'anima per dirla schietta era tutt'altro che uno stinco di santo! Vecchio e riarso dall'acquavite morì nel suo letto per un colpo d'apoplessia; Madama il giorno dopo s'è precipitata a far stampare dappertutto che l'avessimo sbranato noi!
E il buon Leone a raccomandarci: - Ragazze, lasciatela dire... Che mai v'importa la stima degli uomini? È lecito esser buoni, a condizione di non farlo sapere, altrimenti non si mangia più.

Nouma-Hawa:

Ed ora si produce l'Elefante Ahmed-Alì, sapiente come un uomo.

L'elefante Ahmed-Alì:

Come un uomo?... Grazie del complimento, Madama! Questo, perchè ho la delicatezza di non schiacciarvi quando vi cammino sopra, nè di scaraventarvi contro il soffitto quando con la proboscide vi sollevo sul mio dorso! Ah, burloni! quando voi non capivate ancor niente, io possedevo già quel senno dell'elefante ch'è proverbiale an-che fra di voi. Siete piccoli da far pena, e d'una petulanza inconcepibile! Nella vostra vita che dura un soffio, nel vostro cervello microscopico, volete saperne più dell'elefante! Proprio come le scimmie! Saltimbanchi e schiamazzatori! golosi e pettegoli! vendicativi e teatranti! Con tutto ciò, vi voglio bene, mentre non posso vedere le scimmie. Vi voglio bene perchè nella vostra piccolezza e nella vostra boria avete un certo coraggio che le scimmie non hanno. L'elefante vi ha protetti sempre con indulgenza e da buon saggio si è prestato volentieri ai vostri capricci da birichini intelligenti. Perfino quando volete farmi stare in piedi su due zampe o in equilibrio su quattro bottiglie, muovo il mio codino per avvertirvi ch'è stupido, ma nondimeno ci sto. Insomma sentite cari amici: da qualche tempo le scimmie vanno facendovi una gran corte per attrarvi dalla lor parte e convincervi ad imitarle. Volete un consiglio? Disprezzate le scimmie, che sono il so-lo animale veramente ridicolo, e date retta alla saggezza del buono, vecchio Elefante.

Nouma-Hawa:

Pranzerò davanti al rispettabile pubblico insieme con mio cugino, il celebre Orso Teddy, ricchissimo gentleman oriundo Californese.

L'Orso Teddy:

Inutile, cara Madama, farmi tutte quelle moine, perchè senta, gliel'ho già detto: Lei non sarà mai di mio gusto. Mi versi da bere, oh, questo sì! è la sola cosa buona che hanno gli uomini, il vino! Tra-cannare un goccio, anche allungato, non mi dispiace punto; poi si balla più volentieri. Ma quanto a moine, le ripeto, perde il suo tempo, cara Madama! Vede, quell'adornarsi di tanta stracceria per ripa-rare alla mancanza del pelo, non è certo un espediente che possa convincere l'Orso Teddy, per quanto galante sia.
Ed è un bel pezzo che volevo domandarle una cosa. O perchè, visto che sono un orso, Lei non mi lascia far l'orso, ma vuole a tutti i costi che mi camuffi da uomo, che faccia l'uomo? Io, per sua regola, non ci tengo affatto a parere un uomo! Siccome Lei mi ha messo una catena al collo, io mi presto gentilmente a' suoi desiderii e faccio an-che l'uomo, visto ch'è tanto facile; ma per amore di franchezza devo dirle che l'Orso Teddy, ricchissimo gentleman, come lei dice, oriundo Californese, non si dimentica d'essere una persona seria la quale balla soltanto quando ha paura del bastone!
E mi usi la cortesia di non scordarselo.

Nouma-Hawa:

Mentre mio cugino l'Orso Teddy va in giro per i primi posti a vendere la sua fotografia, - la loro buona grazia! obbligo non c'è, - avrò l'onore di presentare al rispettabile pubblico l'Ultimo degli Atzechi, unico sopravvivente d'una razza nana dell'America centrale che popolava cinque o seimil'anni prima di Gesù Cristo i territori del Messico e del Perù.

Voi vedete il suo naso da condor, i suoi baffi gialli e spioventi, la sua nerissima folta capigliatura che finisce con una treccia da india-no; l'età di questo Atzeco è un mistero; egli misura 78 centimetri d'altezza, è tubercoloso e stranuta una settantina di volte al giorno. Parla una lingua incomprensibile, di cui nessuno ha potuto finora decifrare neanche le lettere dell'alfabeto; il professor Lincoln Brownie-Sargent dell'Università di Cincinnati ha offerto diecimila dollari del suo cadavere, per tentarne la mummificazione.

L'Ultimo degli Atzechi:

Farebbero meglio a darmene mille súbito, ed accopparmi fra un paio di mesi. È un bel mestiere anche quello di far l'Ultimo degli Atzechi! Dover prendere dieci volte al giorno la nasalina per starnutire! aver i baffi tinti di giallo e non poter mai mettere la testa in mano d'un parrucchiere! Guai se per caso, davanti al pubblico, mi sfugge una parola che non sia d'atzeco. Se almeno i soldi che guadagno me li potessi goder io, pazienza! Ma l'impresario, che m'ha comprato nell'allevamento di Barnum, se li prende lui... sono un pigmeo, come posso aver ragione contro un gigante?

In treno, per non pagare il biglietto, qualche volta m'avvolge nell'impermeabile e mi porta sotto il braccio; quando mi tira fuori son mezzo asfissiato. Se faccio bene l'Atzeco, cioè se gli affari van-no bene, l'impresario è allegro e si può vivere alla meglio; ma quando s'incassa poco mi dice che nessuno crede più agli Atzechi, sicchè vuol mandarmi alla malora e comprare una di quelle scimmie che sanno andare in bicicletta. Guai se fosse vero che la gente non crede più agli Atzechi! perchè di nani ve ne sono molti e la concorrenza nella statura è la più temibile che vi sia.

Dunque ha ragione l'impresario: bisogna che impari correntemente a parlare atzeco.

Il pedante:

Scusi, egregio Cavalier Compare, Lei ha detto
di comprendere il linguaggio delle fiere... ma l'Ultimo
degli Atzechi, almeno ch'io mi sappia, non è
mai stata una fiera!

(Davanti a quest'obbiezione precisa e terribile,
il Cavalier Compare dopo un lieve indugio risponde:

*
**

«Se la Signoria Vostra opina per ciò che vi sia fraude nello spettacolo, noi potremo dal camerino dell'Impresario farle restituire il prezzo del suo biglietto; ma io sostengo nondimeno ch'essendo que-sto Atzeco l'ultimo essere d'una razza spenta, nè potendo egli esprimersi con linguaggio umano, i termini di paragone mancano per decidere in modo assoluto se si tratti d'una fiera o d'un uomo. La cosa certa è questa: che oltre il suo nativo idioma egli parla benissimo an-che il linguaggio delle fiere... sicchè l'ho inteso.

La cavata piace al pubblico, e vien zittito il pedante che si alza per insistere. Il Cavalier Compare fa un inchino di correttezza impeccabile, dando a comprendere tuttavia che tutte queste celie di cui l'uditorio s'allieta o s'irrita provengono dalla bocca unica del Mascherato Suggeritore, che dentro la sua nicchia improvvisa la Commedia. Perfino il pedante non era che uno spettatore finto mandato lì dal buttafuori per interrompere a bella posta; era semplicemente un buon attore della numerosa Compagnia Comica, ed or fra poco tornerà al proscenio, con mutate sembianze, per farla da millantatore.

Frattanto, su la scena, il pubblico sfolla dal serraglio pensando più al denaro speso che al piacere avutone, mentre su l'ingresso la scimmia sbertuccia di bel nuovo sparando il fucile o maltrattando quei calzoncini da bersagliere che le vietano di spulciarsi con libertà, mentre il paonazzo banditore, tra il putiferio delle trombe calamitose, urla di bel nuovo con una convinzione che intenerisce: - L'Orso Teddy! il Crotalo Rabda-Kamaï! Entrino, signori, che subito si comincia!

E il Compare dice dal proscenio:

«Chi saranno e chi furono fra tutti costoro i più ciurmati? Le povere fiere che vollero mordere e furon chiuse in una tana di ferro?... I bestiarii che vollero vivere da zingari applauditi speculando su quattro zanne logore, su qualche artiglio inoffensivo, e perciò son ridotti a correre le fiere forensi, talvolta senza carne di carogna per la fame dei leopardi e senza companatico per sè?... Il pubblico, millantatore dei pericoli, che con sei soldi vuol vedere un uomo in rischio della propria pelle, vuol pascere di ruggiti africani e di serpenti attorcigliati ad ippopotami la sua casalinga fantasia, onde va, e paga, e torna con un puzzo camaleontico di bestieria legato alle narici, un'idea lacrimevole della ferocia e dell'intrepidezza una compassionevole ironia?...

Dame Compiute, Nobili Uomini, vedo per l'appunto che un millantatore scoverto ed una schiera di ciurmati confessi vengono per di qui a narrarvi le loro immutevoli dolenze.

Ecco, e la mia Dama frattanto vuole che l'accompagni dalla sarta).

Il millantatore:

Non sono affatto pericoloso, poichè racconto il più delle volte cose immaginarie ma che si denunziano agli ascoltatori per la loro mancanza di sobrietà. Veri millantatori son quelli che raccontano cose false in maniera di farsi credere; essi hanno la vera eloquenza, mentr'io non sono che facondo; e la pretesa che ho d'aver compiuto imprese illustri è simile molto alla vanagloria d'un bambino che sferraglia per la stanza con in testa un berretto da generale. I falsificatori narrano al pari di me d'essere andati alla guerra: ma vi andarono da sergenti e presero la medaglia di bronzo...

Io, generale d'esercito, faccio scappare i sorci; a loro, graduati di bassa forza, il pubblico fa il saluto militare.

Entra il Coro dei Pifferi di montagna:

(Nell'Orchestra un andar patetico di gente che torna, e - naturalmente - pifferi.)

Con rispetto, e con dispetto,
vi cantiamo lo strambotto
di quell'asino perfetto

che, per farla a Fra Culagna,
ritornò dalla montagna
con le pive nel fagotto.

Già; noi siamo divenuti celebri per quella spedizione mal fortunata che ci fece ritornare con lo scorno della pifferata su la montagna. Prendersi gabbo del prossimo non è facile impresa quando gli strumenti per concertare il pezzo d'opera si chiamino pive. Un piffero di montagna è quel desso che volle fare agli altri ciò che gli altri tentano senza tregua di poter fare a lui; solo ebbe il torto immoralissimo di peccare nella riuscita. In questo bel mondo caritatevole dove ognuno può leggere tanti onesti libri che lodano la probità, spalancar la bocca davanti alle parabole dei declamatori che flagellano il vizio, scolpirsi nella mente a lettere d'oro le insegne apocalittiche di tutte le vetrine, il piffero di montagna è colui che da uno spillo invisibile si lasciò bucare la sua turgida sampogna. Il pubblico si beffa di noi chiamandoci scornati, laddove non fummo che gente in rotta con la fortuna; il pubblico ride volentieri del nome che fa ridere, mentre del fatto in sè men che niente si cura. Noi siamo dunque le vittime del portare un nome grottesco, malanno che a molti cápita per accrescere i lor guai.
Se i Pifferi di montagna potessero di punto in bianco mutare il loro nome lacrimevole con quello non privo di somiglianze dei Trombettieri di Waterloo, ecco i derisori abbrunarsi di lutto e salutare i Pifferi come sciagurati eroi.
Nel nome che si porta è la metà dell'uomo... il resto, signori della platea, è la fortuna o la disgrazia che fa.

Con le pive nel fagotto
ritornò dalla montagna
quei che volle a Fra Culagna
fare un piccolo dispetto...
Oh, se avesse il poveretto
prima letto il mio strambotto!

*

**

(Quivi dice il Compare:
«Con umiltà siamo alteri del buon esito che presso l'onorato pubblico trovò lo strambotto dei Pifferi di Montagna, forse per l'intonazione felice con la quale i nostri attori lo recitarono, forse per la comicità irresistibile delle lor facce compunte. De' vostri applausi una giusta parte vada a quell'invisibile orchestra in sordina che, sommessa e varia, commenta lo svolgersi della Commedia, e quivi ricamò felicemente sui piffari l'infelicità burlesca dei Pifferi di Montagna. Non siamo noi di quelli altezzosi che dicono «Vale nec parce! innanzi o dopo la parlata... «Valete super omniaque parcete! - ecco il nostro motto.
La Dama bellissima ch'io servo in questa per me piacevole Giornata, vuol ora che l'accompagni dalla sarta, essendochè, dice, alcune lievi compere le son di bisogno anch'oggi, sebbene le sue guardarobe armadii e canterani sian così stipati e ricolmi che più non vi starebbe, senz'arricciarsi, un velo.
Ordunque, levata la Nuvola che provvede alla disparizione del serraglio, manifesto vi sarà un de' luoghi sacramentali e gloriosi dove la vaghissima Dama Comare ch'io servo adorna con arte paziente il prodigio della sua bellezza. E vedrete su le provatrici le innumeri centinaia d'abiti ch'ella osserva

69

con occhio esperto ma negligente prima di scovrire una veste fatta in guisa che le piaccia, una stoffa che paia tessuta per il colore della sua pelle, un nastro, un pizzo, una cintura, un fronzolo che le paiano adorni d'una qualche insolita fantasia. Queste belle ragazze provatrici (tutte pronte, se pur già non lo furono, a lasciarsi cogliere dai lor donneatori) sgranano tanto d'occhi e tremano di ammirazione quando la mia Dama Comare giunge nelle lor sale; madama la direttrice non sa più da che parte voltarsi; la maestra di prova corre per ogni verso perdendo spilli e tutta nevicosa di fili; dagli usci occhieggiano le sartine del cucitorio, mentre il tagliatore cattedratico sfoglia per lei con impazienza qualche grosso fascicolo di figurini.

Dame Compiute, Nobili Uomini, osservate che appunto la Nuvola s'alza...

Ahimè!... Che avvenne? Le vetrine della sartoria son chiuse; dietro le finestre dell'ammezzato, quali spente, quali già velate con lo schermo delle tendine, si vedono affaccendarsi poche frettolose ombre; per la strada sciama una garrula ed assediata falange di sartine, che in fretta col passo elastico dei lor vent'anni tornano alla libertà... «È tardi, o mia bella Dama, e per oggi non potrete isceglier nulla, cosa tristissima in fede mia!

La Comare dice:

«Il male non è poi così grande, quanto per cortesia volete che paia! Mi rassegnerò senza piangere; andremo invece, amico mio, se non vi disturba, dalla modista, per certe piume che ho date a far mettere in opera, le quali devon esser compiute. Mentre voi fate segno all'automobile che s'avanzi, affiderò una commissione per madama Yvette alla piccola Stella, mia sartina preferita, che appunto mi saluta con il suo bel sorriso. Un minuto, amico mio, e sono a voi.

- Sicuro, piccola Stella, sono arrivata un po' tardi stasera, ma non importa; senza che le telefoni, dirai tu a madama Yvette domattina quel che le volevo dire: cioè che sospenda la mia veste da ballo reseda e nero, perchè ho mutato parere, non mi piace più.

La sartina si mette le mani tra i capelli, od almeno tra quei capelli che le lascia scappar fuori la sua cuffietta di tulle capriccioso, e dice: «Oh, povere noi! lavoriamo da cinque giorni a questo bell'abito reseda! E bisogna disfar tutto?...

- Sì, tutto, ma non importa, ho un'altra idea. A domani, carina.

L'automobile se ne va scornettando; rimane sul marciapiedi la piccola Stella, che alza le spalle poi si mette a ridere).

La sartina:

È un problema da risolvere.

Il commendatore m'invita a cena, mi promette un anello con brillanti, un appartamentino mobiliato, una maestra di francese. - È calvo, ha una pancia da bonzo, i suoi baffi pungono come uno spazzolino da denti.

Il bellissimo avvocatino, ch'è stato l'amante di tutte le mie amiche, mi fa gli occhi dolci e mi manda qualche scatola di «marrons glacés. Perchè mi piacciono molto i «marrons glacés e mi piace anche l'avvocatino, ma sono troppo mal vestita per lasciarmi svestire da lui. Quest'uomo trova naturale ch'io passi per le sue mani... è una bella pretesa!

Uno studente del politecnico m'insegue fin su le scale di casa mia; un impiegato viene a prendermi quasi tutte le sere quand'esco dalla sartoria. La domenica mi conduce a ballare, mi paga un vermouth, e dopo il ballo, un caffè. Guadagna centoventi franchi al mese, ride poco, sospira molto, ed è pronto a sposarmi.

Io, siccome sono vergine, guadagno al giorno due franchi e cinquanta...

È un problema da risolvere.

Sul nostro pianerottolo, abita con sua madre uno chauffeur molto elegante che chiamano Toby. Quand'esce col suo pelliccione è bello da morire! Mi ha detto: «Signorina Stella, vorrei proporle una cosa... ma gliela dirò il primo giorno che avremo tempo. Intanto mi permetta d'offrirle questo mazzolino di violette.

E parla come un signore.

Toh... by... se dovessi cominciare, comincerei di lì.

È un problema da risolvere.

*

**

(E quivi d'improvviso, per un gioco di scena quasi fulmineo, l'angolo di strada ove sciamano le allegre sartine coi loro inseguitori si muta in una magnifica sala di modisteria con grandi specchiere per intorno, dritte, inclini, ferme, portatili, ad una luce, a due luci, a tre. Dappertutto svariano cappelli piume penne fiori fiocchi nastri velette veli, ed è così grande la profusione di tutte queste leggere cose volanti, che a prima vista pare d'esser avvolti fra un turbine di maravigliose farfalle.

«Ma queste farfalle, - dice il Cavalier Compare, - sono vecchi struzzi che hanno mandato le lor piume a farsi doppie o triple nonchè a prendere il riccio nei laboratorii di Parigi; sono invisibili colibrì e splendidi paradisi, che stanchi per l'inosservanza delle signore selvagge, hanno mandato alle signore d'Europa, con un plebiscito di piume, una prova delicatissima di quei servigi e di quell'amore che gli uccellini di tutto il mondo hanno sempre saputo rendere alle belle signore; sono farfalle che suggono il nettare da un giardino di fiori artificiali e qualche volta bevono per rugiada l'henné, saturandosi con il polline d'oro che nasce dall'acqua ossigenata.

Nobili Uomini dell'uditorio, per una volta mi sia concesso di parlar solo con voi; lasciamo che le Dame nostre Compiute si dilettino a guardare quella scelta che fa la bellissima etèra Meridiana e come lei fanno altre vaghe bellezze nella sala di modisteria. Non è luogo per noi tra questo piumare, tra questo infiorellare minutissimo, e poichè vedo un altro giovine signore di mia conoscenza, il quale, com'io la mia Dama, così del paro la transatlantica sua consorte aspetta, forse preferibil cosa per voi sarà che noi conversiamo un poco insieme, liberi da quella soggezione castigata nella quale il gentil sesso ci tiene.

Questo giovine di casato principesco navigava in perfide acque monetarie, allorchè intese dire che di là dall'atlantico mare vivessero alcune prodigiose fidanzate per i principi e duchi latini, le quali avevano tant'oro di recente coniato, che si poteva con quest'oro giovine risollevare tutta una stirpe.

Vinse la nequizia del mal di mare, che tanto più affligge i popoli quanto più marinareschi sono, e trasmigrato alle rive leggendarie ove le nuove amazzoni auratamente accolgono i molto nobili cavalieri, s'avventurò sì bene in quella terra democratica e libera, che ne tornò con una sposa di suo genio e senza più conoscere le doloranze del mal di mare

Questo vi confido, Messeri, prima che l'avvicini e lo saluti).

La modista:

71

Per fare un cappello occorrono tre cose: una «Maison che lo mandi, una signora che lo compri, un uomo che lo paghi.

Le mie clienti si dividono in tre categorie: quelle che credono di abbellirsi con un cappello; quelle che credono di abbellire un cappello; quelle che trovano a ridire su qualsiasi cappello.

I miei cappelli sono di tre generi: serii, stravaganti, serii e stravaganti insieme. Alla donna seria sta bene il cappello un poco stravagante; alla stravagante il serio; per la donna indefinita ci vuole un cappello indefinito.

Molte sono le mie disgrazie, ma ne citerò sol una: gli uomini che accompagnan le mie clienti in sala per mettere il loro becco nelle cose di modisteria.

Il nobile povero che ha sposato l'americana:

L'araldica è la soluzione della vita; il dollaro vale cinque lire; il nobile italiano, anche quando è decaduto, vale per lo meno qualche dozzina di «yankees.

Negli Stati Uniti d'America si trova ancora, ma ogni anno con maggiori difficoltà, la fidanzata ideale, mentre in Italia cresce di continuo la frequenza dei nobili decaduti. Si chiama fidanzata ideale quella ragazza che, potendo scegliere fra mille pretendenti, s'incapriccia proprio di voi.

Questo è il vademecum del nobile povero in caccia d'un'americana:

1.° Quattro quarti, lucidi, rinfrescati, assoluti.

2.° Aria vaporosa, misteriosa, dell'uomo ch'ebbe un passato.

3.° Tipo di famiglia. - Biografia degli antenati. Citazioni storiche. - Possibilmente, battaglie.

4.° Sapere tanto inglese che basti per dire: - my dear, good bye, I love You, etc.

5.° Conoscere l'Ambasciatore.

6.° Avere un proprio poeta, musicista, pittore, filosofo, etc, tra quelli che l'America non capisce.

7.° Strimpellare un po' di musica o per lo meno la chitarra. Tener bene in mano la racchetta e non far troppo ridicole figure al gioco del polo e del football.

8.° Essere fortissimi al bridge.

9.° Compatire con molta finezza l'America, pur chiamandola grande paese. Le americane han voglia dell'Europa come d'uno scandalo che le diverta. Inoltre ci temono, sebbene con ironia, mentre non hanno de' lor uomini rispetto alcuno. Questi uomini sono anche robusti, ma «non sanno guardarle. È lo sguardo nostro che te-mono,

10.° Avere, se possibile, un castello, anche spossato d'ipoteche o singhiozzante di screpolature.

11.° Divertirle. Scandalizzarle. Essere o troppo allegri o troppo tristi. L'eccesso impensierisce tutte le creature primitive. L'americana è una creatura primitiva.

12.° Cercare i loro sensi dietro la loro apparente insensibilità. Quando si sono trovati, essere virili ma non bruschi, voluttuosi ma non irritanti. La poesia della loro gioventù ascolta volentieri la poe-sia della nostra vecchiezza. Son donne, ossia femmine, come le nostre, ma non sempre non dappertutto non per l'intera giornata. Talora lo sono troppo a lungo di notte, poi la loro femminilità subisce una pausa, o pare che s'interrompa.

13.° Rimanete oscuri e cauti per non darle il tempo che vi di-sprezzi, almeno fin dopo il matrimonio. Poichè, vi ho detto, l'americana è una creatura primitiva; la sua morale è tagliata bizzarramente a colpi di scure: mentr'è curiosa di tutto quello che non sa, in morale disprezza le anime che non capisce.

14.° Sono per noi ad un tempo le sorelle più timide, le amanti più fresche, le mogli più «nuove.

*

**

(Il Compare, Cavaliere della Films, chiama la Nuvola.

«O Nuvola che tutto nascondi, fuorchè la mia persona da poco e la persona paradisiaca della Dama che servo, ancora una volta discendi e rannuvola i grandi specchi a molte luci che guardano sul giardino artificiale!

Àlzati, e vedansi di lontano come in una visione pantagruelica tutti i lumi e tutti i fumi dei banchetti che verso quest'ora simposica ristorano i millantamila stomaci della sconfinata Città! Vedansi tra fasci di ghirlande elettriche le vetrate gloriose dei ristoranti babelici, con la rossa orchestra che suona a correre d'archetto e l'orda salsifera de' camerieri che sollevano, su le teste chine dei desinatori, la calda ricchezza dell'agape ne' vassoi fumiganti! Vedasi brillar da lungi quella finestra illuminata che nella casa dell'uomo è fra tutte la più gaia, la finestra dietro la quale si mangia, - soli o poveri, ma si mangia, - ricchi o nel cuore d'una famiglia prospera, ma si mangia, - tristi o pensando all'innamorata, ma si mangia... la finestra più gaia e più universale di tutte l'altre dietro le quali nella vita cotidiana l'uomo, animale versatile, medita opera discute balla dorme o fa l'amore!

Àlzati, o Nuvola, e giudicate!)

Entra il coro dei Gastronomi.

(Nell'Orchestra un tinnire gaio, come di porcellane che si urtano, di posaterie che squillano, di coppe toccate nei brindisi. Un bollire, uno sfriggere, un gorgogliare continuo di tutti gli strumenti.)

Ave Primissimo, Pantagruele!

Noi siamo i coltivatori dello stomaco, i golosi della rara e fertile vivanda che si trasmuta in sangue più rosso. Nulla conta la trachea, l'uomo vive con l'esofago!

I maialini d'India ben ripieni, le trifole del Périgord, gli asparagi d'Argenteuil, il fegato d'oca di Strasburgo, i capponi del Mans, le ostriche di Colchester, e tutte l'altre leccornie che la terra pingue o l'industria paziente produce, sono per noi le cose più sublimi che accadono sotto l'emisfero. Un genio rivelatore non è niente appresso un sopraccuoco prelibato.

Ave Primissimo, Pantagruele!

I vini delle giaciture più polverose, i liquori decrepiti custoditi con tutta la lor forza entro gelidi cristalli o tepide porcellane, sono per noi veramente il lirismo della vita! Noi adoperiamo lo stomaco per custodire in noi la Bellezza. Non siamo atei: crediamo profondamente nel piacere di quel che si mangia, nell'ambrosia di ciò che si beve. In questo crediamo imperterriti come il fanatico in Dio. Siamo anche filosofi, poichè possiamo dirvi che la digestione è l'unica felicità delle razze. Siamo anche sociologhi e fisiologi perchè v'insegniamo con la sapienza dei secoli che creerete un popolo grande facendolo mangiar bene.

La delizia di filtrare attraverso la nostra carne intellettiva una vivanda complicata e squisita, equivale alla delizia di comprendere un difficile pensiero.

Noi siamo quelli che nel mondo abbiamo conservato l'appetito intelligente e quella benefica giovialità dello stomaco pagano che il Buon Pastore volle, come un gran vizio, bandita. Nel Cristianesimo non v'è di orrido che il digiuno scellerato e la nefanda eresia degli astemii.

Noi dubitiamo in verità che il Nazzareno abbia fatta questa predicazione; dev'essere un'aggiunta postuma di alcuni evangelisti biliosi e mal digerenti. Per chi non fosse del nostro parere, noi faremo notare che i preti la tennero come non detta, e per tutta l'era cristiana, in barba degli uomini e di Dio, con uno splendido appetito mangiarono a quattro ganasce.

Il peccato della gola è invero la più nobile azione che l'uomo possa commettere. Lucullo, per vostra norma, era ben lungi dall'essere un maiale come voi lo chiamate. Lucullo è stato un Illuminatore della vita assai più grande che Platone. Non dimenticate questa verità: quasi tutte le tristezze dell'uomo consiston nelle cose che mangia.

Noi vorremmo creare un'Accademia di Quaranta Cuochi Immortali!

Ave Primissimo, Pantagruele!

*

**

(Il Compare, Cavaliere della Films, dice:

«Questi buoni e panciuti uomini han saputo commuovere la vostra indulgenza, o Nobile Uditorio! Non li avete zittiti come si meriterebbero per aver osato proclamare in vostra presenza cose tanto grossolane o babbuinamente facete; buon per loro che foste clementi!

Ma dalle fisionomie vostre mi avvedo che pur nell'ascoltare quei grassi e lucidi babbuini già una forte curiosità vi pungeva, che or si rinnovella: - Dov'è sparita la Dama Comare, bellissima etèra Meridiana? Perchè il riso e la luce de' suoi occhi non più risplendono verso di noi?

Ecco, vi rispondo: - È l'ora dei teatri; ella s'andò a vestire dell'undecima sua veste. Non siate impazienti, fra poco tornerà in diamanti e strascico, pronta per guardare da un palco verso la scena del teatro che sceglieremo.

Così è: quando le città pingui e dilettevoli han saturata la fame che le tormenta, curiose guardano verso i teatri, dove nel canto e nella declamazione l'imperitura famiglia istrionica tesse con artifizio la simulazione di quella commedia sincera e forte che si chiama la vita. Le città sono a quest'ora bambine facili al riso, facili al pianto, che un nulla può commuovere, un nulla divertire. A quest'ora la musica, profumo della vita, diventa necessaria come un afrodisiaco le-ne, che tutti, anche le fanciulle, si possano impunemente concedere; a quest'ora il dramma la tragedia la commedia, che sono parodie del-la vita come gli acrobatismi del funambolo e dell'atleta, incurvano le città attente sovra una piccola scena tappezzata di carta pesta, e do-ve la luna il sole i tramonti sono il giuoco semplice d'una buona lanterna magica. E le città si ascoltano dire da quella scena larga pochi metri, in un linguaggio approssimativo, tutte le parole selvagge o brutali, che là fuori, a cielo aperto batton nel lor cuore veemente, pulsano libere inafferrabili nella loro poderosa immensità. È un gioco il teatro, un gioco simile molto al libro, ma più puerile ancora, più divertente ancora, per la ragione che il dolce, il poetico, il riposante nella vita delle città, si è d'essere appunto come bambine, cioè di possedere un'anima che veda non il terribile del mondo, non la forza e la strage della necessaria vita, non quel riso micidiale che soffia dagli oceani del pensiero, ma il piccolo dramma di fantocci che intenerisce con spontaneità, la piccola burla di parole che allarga la bocca e facilita la digestione...

Sicuro, io vi parlo non per altro che per dar tempo alla mia bella Dama di vestire l'undecima sua veste, e faccio un po' di teatro in questo momento anch'io, un po' di libro, se volete, un poco di parole insomma, per farvi passare senza che ve n'accorgiate un quarto d'ora di tempo, attesochè lo scopo della parola non è mai di «creare bensì di «far passare un pensiero.

La vita ineluttabile cammina da sè contro quel maraviglioso edificio di parole, (certo il più bell'edificio che l'uomo costrusse), e che appunto si chiama teatro, libro, metafisica, religione, filosofia... l'urta e non lo rovescia, anzi vi passa traverso, per la buona ragione che questo edificio miracoloso, al di fuori è fatto d'aria, e dentro è vuoto...

Sono un po' scettico, voi dite?... Sì, me ne accorgo infatti, e fischiatemi!... quantunque io non faccia che ripetere con fedeltà le parole che mal mi presceglie questo enigmatico Suggeritore.

Senonchè la Nuvola s'alza, e rivedrete Colei che fa comprendere la bellezza del teatro, la musica delle parole!

Infatti la scena rappresenta un teatro; si vede una fila di palchi, e per iscorcio, la ribalta. Vagamente laggiù cresce un giardino, piovono foglie rosse tra l'autunno degli alberi trasparenti, una reggia guarda con finestre balenanti la sua fontana polverosa: due voci cantano l'Amore, favola di tutte le musiche, musica di tutte l'età.

Nella fila dei palchi, uno splende così forte che sembran convergere ne' suoi specchi tutti i lampadarii del teatro; vi siede in piena gloria la Dama di Luce, bellissima etèra Meridiana; il profumo del suo ventaglio bianco muove delizia intorno a quelli che sono con lei. V'entra pure il Cavalier Damo, poichè il palco illusorio è posto in modo che sia quasi a confino con la ribalta vera.

Da tutto il teatro illusorio si appuntano i canocchiali verso di lei; grandissima è l'inquietudine di quella sala, dove lo spettacolo assai poco si ascolta perchè il guardarla è più bello che udir cantare, come l'essere da lei guardati è maggiore dolcezza che perdersi nella sinfonia.

Sono venuti a visitarla signori d'alto lignaggio e tutte le più cospicue persone che per ricchezza o per ingegno godano rinomanza nella Città; vengono ed escono per dar luogo ai sopravvenuti. Ma uno vi rimane assiduo, non di parapetto ma presso lei, quasi nascostamente, per sottrarsi alla curiosità importuna che il solo mormorio del suo nome fa nascere per il teatro. È uno scrittore magnifico e nominato per l'orbe, uno di quegli uomini che morendo invidieranno solo sè stessi. Ed egli ammira la veste gloriosa della etèra Meridiana, poi la corteggia mansuetamente.

Or questa veste brucia come fosse un rogo di luce bianca od avesse nelle trame del suo tessuto quel brillare che fa la polvere d'una fontana traverso un raggio di sole. Volerne descrivere il disegno sarebbe troppo difficil cosa, poichè la veste non è che lei stessa ed ella medesima è tutt'una con lo splendore dell'abito che porta. Ella non fece che vestire il suo corpo d'un involucro bianco e fu bella di tutto quell'artificio che può radunare la semplicità; il vestito le si ac-compagnò alle membra come una musica va insieme con la parola cantata. Ella non deve ora più niente all'artefice della sua veste, perchè l'immagine d'una simil veste nacque all'artefice da lei; questi vi mise dentro la sua bellezza in pensiero, ma nessuno avrebbe mai conosciuto il sogno dell'artefice se la involontaria bellezza di lei non fosse nata nel colore di quel bianco, nel drappeggio di quella seta morta come una viva necessità.

Dice il Compare:

«Guardatela, poichè la Nuvola è per discendere... fra poco non la vedrete più. La bellezza, voi sapete, si guasta e si logora di chi la guarda; perciò conviene che tra gli uomini passi rapida, lontana. Essa più che tutto ha paura dell'abitudine, vero ed unico vizio dei sensi, malattia che sciupa l'universo. E per tal modo comprenderete come il pudore le sia necessario meglio che alla virtù. Quando avrete per lunghissimo tempo respirato nel profumo e tra un contorno di rose, - cioè in quel respiro e in quella vista ch'io credo la migliore del mondo, - sarete vicini ad aver spenta la divinità delle rose e propensi forse a gustare con ebbrezza l'odore noioso d'un cavolaio.

Guardatela dunque con intensità, finch'ella è un giardino di bianche rose!)

Lo scrittore celebre:

Ho tanti lauri che ne sono stanco.
Io possedetti la Bellezza e la Gloria come veneri nude, gridai nel mondo la parola incorruttibile, brillantata come diamante, materiata quasi d'arcobaleno e di fiamma, che forse potrà separarsi dalla perpetua geminazione delle sue nascite per vivere di bianca solitudine, alta e lontana da quel colore di scordamento che sul fuoco dei più tersi cristalli raduna il tempo dimentichevole.
Io sono stato un vandalo, rapace ma grande, che per vestire la mia Statua della Bellezza cento imperatrici e mille schiave impunemente spogliai! Ora la Statua Perfetta è fastosa e luccicante come la gioielleria d'un satrapo orientale, come il tesoro inaccessibile d'una chiesa bizantina.
Ho tanti lauri nel mio giardino, Banchieri!... che ne sono stanco.
Banchieri!... adesso faccio come voi: speculo con le ricchezze degli altri; è più semplice, molto... più comodo, assai... e talvolta cápita perfino di pescar tra i cocomeri una melagrana più rossa, che quelle, dal riso dionisiaco, melagrane apollinee dell'Albero mio!
Ho tanti lauri che ne sono stanco...

L'uomo che fabbrica gli epigrammi:

È giusto: voi siete con magnificenza «il Cavaliere
de li Spiriti altrui...

*

**

(Dice il Compare:
«Sventura vuole che il patto da noi concluso con l'estraneo Cavaliere, libertà gli accordi o licenza di molestarvi tante volte quante a lui piaccia. So che pure nella seconda sua parlata Egli vi fu discaro, sebbene cercasse di trattar cose che più vicine stanno all'anima di chicchessia. Ma il suo torto fu di scegliere una forma nebulosa e di mettere troppo studio nell'armonia delle frasi, le quali armoniosamente ristuccarono. Gli è poi cosa molto infetta di necrofilia quella di pretendere che ogni ben pensante uomo, a guisa di cimiterio ambulante, porti un cadavere in sè, - sia pur questa una vaga e profumata morta, e ghirlande le si diano quante ne intreccia la primavera.
Ma non possiamo rompere il nostro patto; e per di più a quest'ora che le vie son deserte, almeno di personaggi notevoli, non sapremmo in verità quale maschera inviarvi, la quale possa con maggior brio disannoiare il tempo che la Dama di Luce, bellissima etèra Meridiana, si cinga intorno al flessuoso corpo la dodicesima sua veste.
Ora e poi, quest'Uomo promette che verrà per farsi conoscere. Non più nel buio perfetto, ma questa volta nella penombra Egli dice che viene per discorrere con voi. Verrà, chiuso fino al mento nel suo mantello buio, con la maschera su gli occhi e un po' lontano dalla ribalta nonostante la fiochissima luce. Ma vedrete almeno la sua figura come un ritaglio buio nell'ombra, vedrete almeno i suoi movimenti, l'altezza della persona, il disegno delle sue membra. Forse vi giungerà un poco più chiara la sua parlata, perchè anche la parola, sebbene muova incontro ai timpani, pur s'agevola e molto si rischiara con la luce. Tutto è oscuro nel buio, anche il suono. Egli vi parlerà prontamente, senza preamboli, da persona che sia per andarsene. Ricordate il suo motto rigido?...

76

Ora e poi, quest'Uomo non chiede applausi.
Eccolo, e viene.

Pausa.
Ridono Violini quasi morti.
Filtra vapore d'Elettricità
quasi morta.
Sui tamburi domina un galoppo
distante.

Volgendo pertanto l'ultim'ora della Giornata concessa per commediare fra di noi, doveroso mi sembra che voi sappiate, o Personaggi della Commedia, chi veramente io mi sono. E poichè, mentre tenevate la scena con bella baldanza, io, nascosto entro la nicchia del suggeritore, sfiatandomi ed improvvisando, soffiavo nelle vostre alterne voci la mia voce dissimulata, giustizia vuole, o Maschere della Commedia, che voi facciate con l'ambiguo Cavaliere, una più libera conoscenza.

Non mi piacerebbe in alcun modo ripetere più che due volte un esordio, il qual due volte ripete l'identicissima cosa, e vengo dirittamente a scoprirmi senza raggiri, poichè non vano mi sembra che dell'essere mio con limpidezza ogni mistero sappiate.

La ressa dietro le quinte or quasi del tutto scema; il buttafuori non s'affanna più col trovarobe ansimoso e grondante. Quelli de' miei Personaggi che non hanno più parte, ma già struccati e ravvolti nei mantelli da passeggio attendono per i corridoi, - quando avrò detto chi sono, - vadano in pace!

Può darsi che la platea, sempre distratta e più curiosa di belle donne che del comico nostro cicalare, si vada facendo la stessa domanda: - Chi è mai questo ambiguo Cavaliere, verbivariato e privo d'ogni buona creanza, il qual fece dire tante cose arrischievoli, che punto nè poco vanno insieme con la sua Cavalleria dello Spirito Santo?

Signori sì, ch'io vengo per dirvelo, se pure indugio a bella posta con l'istrionica malizia d'acuire la vostra curiosità.

Lunghesso la Commedia molti apparvero al proscenio ed ancor pochi verranno: sappiate or voi, che in tanti quanti furono, e quivi e come nella vita, sempre in ognuno sta

il Cavaliere dello Spirito Santo.

Cercatelo in voi profondamente al ritorno dalla Commedia verso i placidi vostri focolari; ed anche se non avete un focolare, non una sorella nè un'amante che v'abbia messa la rosa nel bicchiere presso quei letti gelidi e solitarii nei quali v'addormenterete.

Sì, o Maschere... nulla è forte come il bisogno che l'uomo prova d'offendere la sua propria sensibilità; e quantunque su la terra sia l'egoismo la più barbara potenza, pur nell'anima dei vivi rugge oscura profonda la voluttà morale della propria uccisione.

Vi regalerò uno specchio; miratevi! Se alcun altro vi osserva, cercherete di vedere nello specchio le bellezze che avete.

Ma se d'improvviso, quando siete soli del tutto, lo specchio vi rimandi la vostra immagine pressochè inavveduta, voi Maschere, senza riconoscervi, per un primo istinto la troverete brutta.

Se non vi garba il mio specchio, rompetelo in frantumi!

Vi regalerò adunque uno specillo da chirurgo, per cercare nelle vostre ferite quella invidia piccola o grande, forse non complessiva ma parziale, che sempre l'uomo porta in sè d'un altr'uomo, quand'anche alle volte, o magari sovente, quel medesimo che fa invidia molto inferiore gli sia.

Vi darò inoltre una pietra magica per allontanare dal vostro animo, quando siete nel compiere una qualsiasi cosa, la convinzione illecita ma fondamentale che un altro possa compierla meglio di voi. Così del paro allontana, questa pietra magica, il dubbio sottile ma invincibile che tormenta sempre l'uomo su la purità e su la forza dei proprii sentimenti.

Maschere, avete mai creduto nell'amore «degli altri per «gli altri? - Mi risponderete: Sì

Maschere, avete mai fatto a voi stesse la domanda:- È proprio un «vero amore il «mio amore? un «vero sacrificio il «mio sacrificio?- Mi risponderete ancora: Sì.

Ebbene, la pietra magica sfata l'irrisione sorda, l'ambigua inimicizia, l'antipatia singolare che ogni uomo professa, in modo forse inavvertibile, contro il proprio io.

Dunque: uno specchio, uno specillo, una pietra magica. Ma voglio farvi ancora un dono... il corno acustico «per capire il riso, non il riso degli altri, ma quel riso ch'è in noi.

Per la mia prodigalità folle, dovrete certo suppormi un ben dovizioso Cavaliere... Affatto, affatto, Maschere! povero sono come Giobbe; senonchè Giobbe era una lumaca, laddove io sono

il Cavaliere dello Spirito Santo!

Ormai son persuaso che il mio carattere vi sia limpido come quello del Principe di Danimarca, del dottor Fausto, del divino che amò la battaglia cavalier Sancio Pancia, e - per lasciare in pace Bergson, - del Monista di Haeckel, profeta immortale sotto il nome di Redentore della coda, filosofo che per troppa evidenza donò al secolo della scimmia volante l'Asino di Buridano!

Forse nella letteratura d'oggi non troverei chi mi somigli, perchè la letteratura d'oggi è un poco strana: somiglia più volentieri ai libri degli altri, che agli uomini d'oggidì.

Ma io divago terribilmente, o Personaggi della Commedia, e non mi ricordo più che voi soffiate per l'impazienza di conoscere con esattezza chi sono.

Quasi avrei voglia di andarmene senza parlare, perchè non debba intraprendere a dirvi tutto il male che penso di me. Ve 'l direbber gli altri con profusione, se alcuno di voi si recasse nel paese dove son conosciuto e laggiù domandasse al primo che capiti: - Sapete nulla forse mai d'un certo Cavaliere il qual si nomina dello Spirito Santo?

E il primo che capiti vi risponderebbe:

« - Sì, per servire Vostra Eccellenza!

Quel Cavaliere lo conosco: è un uomo che va in cerca d'assalire la potenza, poichè la potenza gli piace. Un diavolo a quattro che si odia e fracassa tutta la sua vita. Un coltivatore di rosai che non vuol vendere le sue rose. Cavalca su l'Ideale, negl'ippodromi dove si corrono poste favolose; ha incendiato la bottega d'un mercante di paternostri; si dice che sia un assassino... per servire Vostra Eccellenza! Taglia nel sonno le capigliature delle donne che dormono con lui; questo per farne gualdrappe da gettare in groppa del suo ronzino. La sera qualche volta, per le strade buie, lo si vede camminar solo e piangere. Ma entra nei carnovali e, senza ubbriacarsi, balla come un forsennato; regala tutto il denaro che ha alla prostituta più povera e va in letto con la più ricca, perchè gli piace, non il brillante, ma lo splendore che su la pelle incipriata lasciano i brillanti. È un uomo che si confessa cinque o sei volte al giorno, sopratutto a personaggi che non capiscon niente; ma sempre muta la natura delle confessioni e varia la genesi de' suoi delitti; poi afferma d'essere un santo e fulmina e strepita gridando che odia i confessori. È un mentitore il qual dice la verità, ossia dice la verità del momento; l'unica vera.

Prende casa dove trova; non viene quasi mai alla finestra; dappertutto coltiva subito due giardini. Scrive, scrive; qualche volta ne fa un gran fuoco e dice al suo domestico: Vedi, ho bruciato la Bellezza. Dice agli ospiti: - Non state in piedi, mettetevi a sedere; se volete che me ne vada, la casa è vostra. - Vi sono alcuni giorni dell'anno che la sua faccia diventa buia come il buio notturno dei cimiteri; poi se ne va, cavalcando il ronzino Ideale in cerca, dice, d'un fiume. Quand'è scomparso la gente si ricorda che c'era; quando viene di ritorno, la gente ha paura di lui. Per tutta una settimana lo si è veduto girare nei dedali dei sobborghi, e ripeteva solamente una parola, tenendo gli occhi fissi: la strada, la strada, la strada.

Col suo ronzino ha visitato mezzo mondo, e nessuno può dir esattamente chi sia, di dove sia; poich'egli racconta in molte maniere il suo confuso passato. L'anno scorso commise un altro delitto: bruciò la bottega d'un mercante d'abiti fatti. Ce l'ha coi mercanti! Lo misero in prigione, ma egli, solo parlando e senz'avere un centesimo in tasca, riuscì a corrompere i guardiani. Due settimane dopo era in piazza e gridava: Qui tutti! venite, venite! che stamattina ho deciso d'assalire la potenza! - Quando si fece un assembramento d'uomini pronti a giurare su la sua spada, egli si mise a ridere come un matto, e scomparve.

Ha detto una volta che voleva regalare alla sua amante qualcosa di migliore che tre stelle. Sapete cosa le donò? Tre Rose: una bianca, una rossa, una rosa. «Poichè, disse, queste hanno profumo. E l'amante sua ch'era una pazza come lui, andava intorno giurando di aver ricevuto il più bel dono che si possa ricevere da un uomo.

Ho detto male: «un pazzo; egli è un delinquente, non un pazzo. La logica della sua vita è così temibile, che meglio assai varrebbe tenersene lontani.

Adesso afferma che traverserà il mondo con questo piccolo ronzino, e certo medita qualche altro delitto perchè lo si ode ripetere senza variare mai, con il passo e con gli occhi d'un automa: - la strada, la strada.

Questo, per far ridere Vostra Eccellenza!...

Personaggi della Commedia, quel buon diavolo nulla v'ha taciuto, nè su la tempra della mia lama, nè sul motto, nè su le gentili armi di nomade che infiorano il mio scudo... Maschere della Commedia, non più potrete far equivoco sul Cavaliere ch'io sono!

Come io conosca il mondo, e cosa del mondo mi piaccia, vi dirò altrove, se vorrete ascoltarmi; e dove sarà e contro quanti la mia battaglia essenziale, - ovverossia la mia morte più deliziosa, -vi dirò altrove, se vorrete ascoltarmi. Qui solo vi ho date le ragioni spicciole per le quali molte cose importanti mi sembran degne d'esser volte in burla, e solo vi ho detto con celerità le prime stravaganze che mi spuntarono su l'orlo della bocca.

Pure un perdono vi chiederò!

Fatemi venia degli errori di grammatica e di sintassi che avrò potuto commettere improvvisando nella nicchia del suggeritore; a questi provvederanno alcuni miei critici - o critichesse - che vedo con accademica magnificenza svariare nella platea.

Fatemi venia delle facezie che alcuni miei molto rablesiani, o molto aristofaneschi amici troveranno cretine, appunto perchè a me paiono profonde... - ovvero adorneranno quanto mai d'impreveduti codicilli. appunto perchè non sono anfibie nè duplici nè tendenziose nè ambigue di per sè!...'- E fatemi venia per ultimo dell'altre poche onorate sfacciataggini che ormai, rabbuiandosi l'intelletto, stanco e sfiatato improvviserà il Cavaliere dello Spirito Santo.

«Vale nec parce, spectator!

*
**

(Dice il Compare:
«Mirabilmente nell'ultima ora sua di vita vi apparirà, o taciturni, la moritura Dama ch'io servo, la Dama dalle Dodici Vesti, la Dama che simile parve ad un giardino di rosai.
Soltanto la Fragilità è cosa che merita canzone, soltanto ciò che passa nel mondo come un profumo e nulla più, è cosa che vale per sempre la tristezza e l'amore d'un uomo.
Io v'ingannai poco dianzi... la dodicesima vesta è breve ad essere agganciata, poichè, o taciturni, si compone solamente di un velo. Voi vedeste cose amare, cose turpi, cose avvolte nell'artifizio necessario della vita; vedrete ora la nudità, la pura e splendida nudità, coperta solamente da un velo perchè sembri più nuda.
Immaginate che sia la primavera e che al sommo d'una principesca villa, in altura sul margine del suburbio e quasi finitima con la campagna, s'apra un terrazzo grande, impergolato, azzurro, sotto la notte piena di stelle. Immaginate che un possente albero di glicine tutto lo ricopra nel più impetuoso miracolo della sua fioritura, e che di fronte, sotto il cielo polveroso d'una rossa vampa, dorma la Città immensa, la Città maravigliosa come una squadra d'infiniti navigli fermi su l'ancore nell'anfiteatro d'una rada notturna, ma inghirlanda-te per tutti gli alberi con migliaia di lumi!
Immaginate che a questo azzurro terrazzo, come ad un balcone aereo guardante nell'immensità, s'affacci una donna di cui solo vedrete la faccia lontana, perchè il suo corpo sarà nascosto, immerso come in un bagno di grappoli, nella stupefacente fioritura del glicine che la tiene in sè, che la stringe come un fiore de' suoi fiori...
E poi questa donna si muova, si sciolga dal turchino mantello di grappoli e venga verso di voi, piano, a poco a poco, movendosi co-me il vento nelle biade alte, come la primavera su le fontane, come il desiderio in noi. E venga sì presso che la vediate nella maggiore mu-sica del suo corpo nudo, i capelli non sciolti e non serrati, la ricchezza del seno che paia guardarle verso la bocca voluttuosa, come se volesse farsi baciare da lei. Nient'altro che un velo nero, avvolto in quel modo che lo fascerebbe il vento contro una statua nuda, ma tenuto fermo sovra una spalla da una lunga treccia di brillanti. Che di brillanti abbia qualche goccia sparsa tra i capelli ombrosi, ma pro-fonde siano queste gemme come rade lucciole in una siepe gonfia; poi di brillanti un filo, due fili, tre fili, che brillino su la caviglia delicata...
Questo velo nero non rimarrà che per alcuni attimi così trasparente; poi sopra ve ne cadranno altri senza che si veda, sempre altri, sempre altri, finchè le si faccia una veste d'ombra, ma d'ombra e di brillanti...
Ecco, o taciturni, quel che vedrete, all'alzarsi della Nuvola, tra poco.
Ed io vi dico inoltre ch'ella vi «racconterà i profumi vi racconterà i profumi della Capitale che brucia, lontana, laggiù sotto la cupola rossa, come un naviglio dondolante...
Ecco, e la Nuvola s'alza.)

Entra il Profumo dei Tre Alberi Lontani.

80

Profumo del Glicine:

Io m'arrampico su le belle ringhiere di ferro battuto, sui poggioli d'alabastro tepidi e rosei quando nelle primavere tramonta il sole. Vado su per le facciate rugginose dei palazzi decrepiti a guardare nelle finestre delle sale ove il tramonto suscita lampi d'oro e fiammeggia nell'anima dei lampadarii di cristallo. Son l'albero che guarda giù dalle muraglie dei giardini antichi; tesso nei parchi silenziosi lunghi padiglioni violetti che dentro il verde vanno a pergolato, si perdon nell'ombra come una trasparenza quasi glauca di grappoli in fiore. Più volte fiorisco nell'anno, e nelle sere d'aprile verso per l'aria santificata un profumo quasi inafferrabile che somiglia al mio colore. Ho nel grappolo tante ali che invece di esser pendulo sembro volar via. Quando la mia fioritura soverchia la fronda rara e seppellisce il tronco, voi vedrete nelle notti d'aprile vivere tra il quadrangolo dei colonnati una specie di fiume aereo che si gonfia nella serena ombra e per tutta la corte propaga un miracolo di fluidità.
Sono allora il ricamo delle cose impossibili a ' dirsi, e tale sono con tutto il mio essere: fiore profumocolore; son l'antichità robusta che lancia dalle ringhiere un arazzo lieve come un soffio di piume; sono la bellezza delle idee pallide, la poesia della fragilità.
Mi piace sfiorire sul mio tronco spogliandomi da me stesso della magnificenza che portai, lasciando cadere i grappoli a fiocco a fiocco in una pioggia che il vento muove, gialla e turchina. Mi piace sentire il passo d'una ragazza turbata camminar sul tappeto che le faccio con i miei grappoli caduti e, nei crepuscoli quasi morti, con la mia morta poesia...
Son l'Albero che fiorisce, sfiorisce, più volte nell'anno, maravigliosamente.

Profumo del Tiglio:

E voi venite a passeggiare sotto i miei rami primaverili, nelle sere dei giorni di festa, o innamorati poveri della Città. Venite, quando sui laghetti color di piombo i cigni dondolanti s'addormentano con la testa sotto l'ala, mentre le bambinaie scordevoli radunano in fretta i bimbi con iracondo strillare. Per voi, lentissimi innamorati, rendo soave l'aria della Città che rimane senza maggio, della Città tutta pietra e ciottolo dove un fil d'erba è primavera. Camminate parlandovi piano; la vostra obliqua ombra s'insinua fra i miei tronchi e spare.
Mando per voi questo profumo forte che turba i sensi, che avvolge le cose, anzi le impolvera come d'un polline d'oro. Per ogni finestra non chiusa lancio su le coltri un brivido insinuante un odore di voluttà. Se avvolgo fanciulle che sian già quasi donne, insegno loro a restringersi con fretta e con pudore nelle lunghe camicie da notte, poi le induco ad affondare la bocca troppo respirante nel guanciale di piume...
Sono l'odore della colpa che la natura comanda, e brucio nell'aria delle notti limpide senza lasciar vedere la mia fiamma.
So che talora la mia fragranza è troppo forte: fa chiudere gli occhi, ubbriaca, fa male...

Profumo del Cipresso:

Su gli orli della Città, ove il gran pulsare della
vita si addormenta, ove le case dei morti sono
senza finestra, uguali, monotone, su gli orli dell'opaca

muraglia che interrompe tutte le canzoni,
là io cresco.

Non sono già fragranza, bensì odore simile a
quello d'una resina che arda sotto la cenere, come
arde nell'incensiere il cinnamo sotto la polvere di
gruogo.

Sebbene i distillatori d'essenze non vogliano
chiudermi dentr'alcuna fiala, io vi dico, uomini,
ch'è profumo anche la morte.

*

**

(Dice il Compare:
«Dama di Profumo, Dama che avete una veste d'ombra e di brillanti, le buone tenere profumate cose che voi diceste fanno piangere, non vedete? alcuni femminili occhi tra il silenzio dell'Uditorio!... Non tanto le cose che voi dite quanto la voce vostra che le comunica è forse quella che fa piangere, ne soltanto la voce, ma quella visione così pura di bellezza che l'Uditorio vide quando foste nuda... Sì, poichè non sono femminili soltanto le pupille ch'io vedo rilucere... anche l'uomo più forte può lacrimare come un bimbo quando scoperta è la strada che adduce al suo ruvido cuore. E certo le immagini avute con gli occhi son quelle che più dirittamente scendono al cuore; un cieco può commuoversi meno spesso e meno facilmente che noi, perchè «ode solamente il dolore.
Ma non è il dolore l'unica via d'esser tristi, ve n'è una forse più grande, che si chiama la Bellezza.
Voi vedeste la Bellezza nuda ed irraggiungibile, che dopo avervi toccati con l'ala del suo miracolo si allontanò da voi, e quasi disparve... ecco perchè siete tristi! ecco perchè tanto facili siete alla commozione!
Dama di Profumo, Dama d'ombra e di brillanti, non parlate più! Lasciate che un volgare assassino della bellezza, com'io sono, deturpi sfregi rompa quest'ora di soavità, e faccia ridere l'Uditorio che ha pagato per ridere, che va nei teatri appunto per dimenticare quel pro-fumo dei cipressi da voi lodato così bene!
Datemi la mano Dama, che nominerò ancora della Doppia Morte... lasciatevi prender la mano e venite meco verso il terrazzo a guardare su la finitima Città. Troveremo ancora un personaggio qualsivoglia che faccia ridere l'Uditorio, benchè a quest'ora le strade che verso qui convergono sian quasi del tutto deserte. Guardate con i vostri begli occhi! Non vedete nulla o nessuno?
E la Comare dice:
«Ahimè, nulla! nessuno! Qualche ombra lontana, va, si sperde. Fa quasi buio per queste remote strade, perchè gli archi elettrici sono rarissimi e stasera chissà mai come, ancora non è passato l'accenditore di lampioni. Forse non verrà; s'è addormentato, oppure beve. Pover'uomo! Che può fare un accenditore di lampioni, se non bere?
Dice il Compare:
«Ma non vedete proprio nulla che sia motivo di svago e di riso per l'Uditorio taciturno?
Dice la Comare:

82

«Proprio nulla! Vedo una piazza grande ma vuota, così grande quanto è vuota, e i pochi archi ed il chiaro di luna la pavimentano d'una bianchezza così uguale che par neve. C'è una vettura di piazza, ferma; il vetturino dorme; nient'altro.

Dice il Compare:

«Oh. disgrazia! Guardate sempre, Dama! Guardate sempre!

Dice la Comare:

«Nulla! Una vettura di piazza, ferma; il vetturino dorme; nient'altro.

Dice il Compare:

«Ebbene, venga un personaggio d'invenzione, almeno fin quando non ne cápiti un vivo! Guardate sempre, Dama, e fatemi segno se vien gente. Io frattanto, poichè ho il dono di conoscere il linguaggio degli animali, racconterò all'Uditorio taciturno i pensieri di quel ronzino che dondola di sonno fra le stanghe della vettura in quella piazza bianca di luna, come fosse neve. Non sono proprio i pensieri suoi, perchè non sono andato a parlargli, - e il pedante mi potrebbe cogliere in fallo se non l'avvertissi! - ma sono confidenze che ho ricevute da un altro buon ronzino suo simile, certa notte dell'inverno scorso che v'era mezzo metro di neve.

E voi. Dama, fatemi segno se vien gente.)

Il ronzino della vettura di piazza:

Avevo un amico, un buon diavolo baio, ancora in gambe nonostante l'età, e che trovava modo di guadagnarsi la vita sebbene avesse avuto un mezzo colpo d'accidente e zoppicasse dai quattro piedi. Ci si vedeva in piazza tutte le sere, si facevano quattro chiacchiere alla buona; quattro chiacchiere su la biada, su la frusta, sui clienti, così, dondolando sotto la neve. Da quando il suo padrone ha comprata l'automobile, non lo vedo più.

Ho domandato notizie ai colleghi, ma nessuno sa niente. Mi dispiacerebbe che gli fosse capitata qualche disgrazia perchè era un vecchietto simpatico, forse un po' egoista, ma sempre allegro e molto spiritoso. Non tirava calci neanche a mordergli la coda, però quando vedeva spuntare un cliente, uno di quelli che non si sa bene dove si dirigano, lui faceva tutto il possibile per cacciarlo da me. Quando poi, come diciamo nel nostro dialetto, mi vedeva «rompere il legno, rompere cioè quella fatica legnosa e fredda che ristecchisce tutto il corpo nello star fermi sotto la neve, quando mi vedeva insomma co-stretto a fare la corsa, lui, quell'ipocrita, mi diceva magari una parolina di conforto, ma sotto i baffi rideva. Per questo dico ch'era un egoista; ma i colleghi son quasi tutti così. Quando c'è di mezzo l'interesse, l'amicizia è bell'e sciolta; non si deve del resto giudicare il nostro prossimo da queste piccole cattiverie che sono perdonabili data la durezza della vita. Un buon cavallo è quello che non vi ruba la biada, che non vi dà uno spintone per farvi andar per terra, o, quando siete per terra, cade magari anche lui ma non vi cammina sopra; quello che ha buon cuore insomma e non è superbioso de' suoi finimenti un poco più fini, un poco più frusti...

Conosco un irlandese aristocratico il quale ha una grande simpatia per me; tutte le volte che passa mi sorride; se c'incontriamo alla porta d'un teatro mi dice un mondo di cortesie. Ve ne son altri che invece non vogliono parlare; si danno certe arie da nababbi e fanno uno scalpitamento indiavolato che si direbbe siano chissà chi! A me non importa niente; ormai sono vecchio e prendo le cose con filosofia; se non vogliono parlare, li lascio ai fatti loro. Avranno la pancia piena ma sono molto più imbecilli di noi, poveri cavallucci di piazza, che possediamo l'esperienza della vita. Eh, sì, ne ho visti ben altri che si davano troppe arie! un giorno poi finiscono anche loro sotto il tassametro, a mangiar la biada ch'è mezza crusca e mezza polvere! Allora posson chiamarsi fortunati se trovano un buon diavolo come me che non serbi rancore.

La cosa più difficile per noi cavalli di piazza è lo stare in piedi. Con le strade che fanno adesso curve lisce dure, se appena gela un poco, non si cammina più; si pattina. Io, se sapessi fabbricare una strada, me la farei tutta dritta, piana morbida, con ogni tanto qualche sacco di biada Ma le strade le fanno quelli che noi dobbiamo trascinare in vettura, per modo ch'essi non ci pensano, e bisogna che noi s'inventi la maniera di tenerci dritti alla bell'e meglio, come si può.

Io sono andato sempre d'accordo con i miei padroni, forse perchè ho un carattere dolce, e quando non esigono troppo li contento. Il mio padrone d'adesso è un vecchietto come me, che tiene la frusta solo per eleganza ma non l'adopera quasi mai. S'è accorto che tanto non ne cavava nulla, perchè io, più presto di quel che mi par giusto, non vado. Vi sono certi cavallini ancor giovini, un po' senza criterio, che a picchiarli con la frusta vanno più forte, e magari vanno così forte che si rompono il collo. Questo vizio l'avevo anch'io da polledro, ma finalmente ho capito il mestiere, e adesso la velocità me la giudico io, perchè in genere il padrone è un tipo che non si contenta mai: dopo il trotto vuole il galoppo, dopo il galoppo vuole la carriera, se gli fate la carriera pretenderebbe di volare! Dunque ho presa questa risoluzione: - ogni volta che mi frusti, io faccio un salterello per non irritarti, ma poi vado più adagio di prima. Così almeno capirai. - E di fatti ha capito. Questo esempio l'ho preso dagli asini, che sono cavalli mancati.

Sicuro, la vita bisogna subirla come viene; cercare d'adattarsi al caldo, al freddo, alla fame, alla frusta, e nel medesimo tempo avere la rassegnazione di sentirsi magari felici. È un peccato che se ne vada la gioventù perchè si perde la forza, ma invecchiando viene un certo buon senso, una certa calma, che fa sorridere su tutte le ubbìe della gioventù. Io, per esempio, non sono mai stato un cavallo focoso, ma mi ricordo che anni fa, quand'ero un bel grigio svelto e vivo, non troppo alto di statura, ma fatto, - non lo dico per vantarmi, - fatto a meraviglia, c'era una certa cavallina, anche lei grigia e tutta po-mellata, con una coda e una criniera come non se ne son viste più, così carina che al guardarla mi pareva di sentire un certo non so che... una cosa bella, brutta, inspiegabile... una cosa che non ho mai potuto capire.

Finalmente una sera, stando in una scuderia di campagna, feci la conoscenza con un pezzo di stallone grosso e forte che pareva un selvaggio. Questo cavallone aveva una voce potente, e se appena sentiva l'odore d'una femmina, eccolo che diventava quasi matto, strappava tutto, corde cavezza finimenti... nessuno lo teneva più.

Io lo credevo proprio matto, ma invece, prima di addormentarci quel cavallone si è messo a farmi le sue confidenze d'amore. Non potevo capir bene, sicchè gli venni a chiedere spiegazioni, e lo stallone che rideva della mia voce sottile, mi istruì su la faccenda. - Diavolo! ma chi mi ha fatto questo?...
Infine, meglio così; meno delusioni, meno grattacapi. Ho dato maggiore importanza alla biada, e me ne trovo bene.

Ahi! se non m'inganno, quei due clienti mi vengono a rompere... il legno! Eh, lo dicevo io! mi sbaglio così difficilmente! Animo, co-raggio! su, rompiamolo, e avanti...

*

**

(Dice la Comare:
«Oh, amico mio, finalmente!... Vedo un giovine uomo che cammina con insinuazione, guardandosi dietro... Mi pare bello e tormentato, ma ora si ferma come per attendere alcuno... Si muove bizzar-

84

ramente, io non ho punto simpatia per questo giovinetto... Chiamatelo voi, che forse vi darà maggiore ascolto...

Dice il Compare, sporgendosi dal terrazzo:

«Olà, buon passeggiatore!... chi andate voi cercando per queste vie solitarie nel chiaro di luna? Salite in fretta, che v'ho da parlare!

Eccolo, e sale.)

L'efebo:

Io vado cercando un uomo che mi voglia bene; che fortemente mi voglia bene... che lungamente mi voglia bene... Oh, com'è dolce sentirsi voler bene! Senonchè l'amore della donna è vuoto... e solo muove in me un diletto che manca di penetrazione...

Io sono dolce, dolce, dolce... nondimeno amo la marzialità. Oh, gli scrittori penetranti!...

Conoscete una canzone che si chiama la Vispa Teresa? Essa dice: - «Vivendo, volando che male vi fo? Tu sì mi fai male... Ma non importa; anzi meglio!

*
**

(Dice il Compare:

«Ahimè, sciagurato! Il Nobile Uditorio protesta! Come potete voi prediligere canzoni così puerili ed innocenti! Non vedete che la platea si sbellica dalle risa e fa mille divagazioni sul vostro conto?... Lo sdegno è grande per la vostra insulsaggine! così grande che la Commedia pericola di finire tra un diavolìo di fischi! Sciagurato! Non vedete che per ischerno vi si lanciano fiori? O forse ch'io m'inganno?... Cos'è mai questo? Veh! Un ramo di giglio! Solamente un ramo di giglio. Mistero!...

Dame Compiute, Nobili Uomini, ditemi verbigrazia quale fu la irata e casta mano avventatricedel giglio?!...

Dalla platea risponde la voce apocalittica d'un uomo assai più tetro che la morte, il quale si leva in piedi e guata.

«Fu la mia! -

«Chi voi siete, verbigrazia, o grande magnanimo sconosciuto?

«Io sono il Presidente-Apostolo d'una Lega di Pubblica Moralità, e vi ammonisco di cessare una Commedia, la quale da capo a fondo vitupera il buon costume!

Grande brivido nel Teatro; alcune signore sbigottite per la voce profetica si fanno il segno della Croce.

Un silenzio grande come l'attesa d'un miracolo invade la sala. Dice il Compare:

- «O poveri noi, che sciagura! E proprio quando mancano poche battute! Cadremo sotto i fischi per la colpa di questo giovinetto scellerato, il quale non seppe scegliere una canzone meno invereconda che la Vispa Teresa! O poveri noi, che mala sorte! per uno scemerello dolce dolce... ahimè troppo dolce! Che fare? Che scegliere? O magnanimo Presidente, ritto nel mezzo della platea come il Fato greco in una tragedia di Sofocle, vogliate non incrudelire su tutta una povera famiglia di comici che domani vedrà il suo teatro deserto, se pure non se ne mischino i tribunali! Venite voi stesso a diffondere dalla ribalta una parola che riscatti, e mondi l'aria troppo sonora di vituperio!... Deh, o lanciatore del ramo di giglio, salite quassù come ad un pergamo, venite celestialmente, o purissimo, ad implorare il perdono sopra di noi!

85

Eccolo, e sale.)

Entra il Presidente-Apostolo:

Vada retro, Satana!

Ohimè!... ch'io sono costretto a vivere fra tutte le immondizie della terra! Perciò mi vedete camminare portando un ramo di giglio; questo amuleto mi salva e mi fa guardare la vita in bianco. Voi che non provvedete alla morale pubblica, non sapete, ohimè! quante cose immorali vi sono! Per non infamare le mie labbra nè ledere i vostri timpani religiosi, non profferirò il nome dei vizi ch'io, Presidente, combatto.

Vada retro, Satana!

Io sono il cacciatore indefesso delle cartoline pornografiche, di tutte le pitture o scritture od ammennicoli osceni che si vendono alla macchia! Mi tocca, ohimè! occuparmi di quelli scellerati, che per le strade, per i giardini, - e specialmente in primavera, - peccano contro il buon costume! Sono il lettore necessario di quei libri che fanno strazio d'ogni castità!

Vada retro, Satana!

O tempora! O mores! Stamane ho denunziato un romanziere al Procuratore del Re: egli descrive una donna nuda, - una donna che per di più è la moglie d'un suo parente!... - e con una sfrontatezza unica, seguita per tre pagine a lamentarsi perchè questa donna, - la moglie d'un suo parente!... - pur essendo nuda, scherza in mille mo-di, e volentieri, ma gli resiste. È infame! Speriamo questa volta che il Procuratore del Re non sia di quelli scettici che preferiscono i romanzacci moderni al soave libro, mondo come l'Eucaristia, che narra i semplici, oh, quanto semplici amori di «Paul et Virginie!...
Ieri ho potuto finalmente sorprendere in una libreria che vende roba clandestina... una copia... brrr!... una copia della «Philosophie du boudoir il solo... puah!... il solo che non mi sia capitato mai sott'occhi tra i libri da capestro di quel famigerato Marquis De Sade! Puah!... Non c'è neanche una vignetta... brrr!... Meno male.

Vada retro, Satana!

*

**

(Dice il Compare:
«Per amore di verità, Nobili Uomini e Dame Compiute, mi tocca dirvi che l'interruzione della voce apocalittica fu ancora una buona celia preparatavi da questo indiavolato Suggeritore. Stanco e morto non sa più che personaggi mandarvi, nè vuole venir meno all'intesa fatta con noi prima che scocchi, almeno su l'oriuolo del suo taschino, il minuto sessantesimo dell'ora dodicesima della Giornata.

Mancano al compimento, egli dice, minuti esatti ventitrè: non ridete, l'esattezza è il principio di tutte le buone azioni. Anche delle cattive talora, ma non importa: gli aforismi son belli per ciò solo che si possono capovolgere.

A questo punto egli v'ha tenuto in serbo un personaggio, che per essere addormentato nel sonno ipnotico potrà dire senza dubbio cose migliori di quelle che dicono i desti e molto vi rischiarerà eziandio, - se vorrete por mente, - sopra il significato e le mire che la licenziosa o frivola nostra Giornata contenne.

Trattasi di una sonnambula tutta farneticante per aver inteso il nome di Satana, e che già sarebbe venuta in scena se il buttafuori non l'avesse impedita. Ella è famosa di molti oracoli venuti a succedere in men che un anno, e mentre dorme di questo ipnotico sonno dice cose di tanta profondità che certo non le vengono da' suoi studi, nè dal misurato intelletto ch'ella possiede quando è desta. Vi sollecito a non raccapricciarvi nel vedere il suo pallido viso, gli occhi serrati, le mani brancolanti, la chioma pressochè irta, e soprattutto a non impazientirvi della estrema lentezza con cui parla.

Dopo la profezia della sonnambula il Cavaliere dello Spirito Santo prenderà da noi commiato, - e senza nemmeno salutarci, - come fin dall'inizio ci prevenne. Questo barbaro Uomo ha la sua maniera di vivere che alcun poco differisce dalla nostra, ma poichè non dobbiamo rivederlo, tanto vale che se ne vada come a lui piace. Gli siano leggere le strade per le quali condurrà la sua vita vagante, e trovi egli una casa dolce, buona e casta, che lo riposi prima della morte. Vada, col suo piccolo ronzino e col suo mantello buio, per assalire la potenza come a lui piace, ma quando l'avrà per la chioma, Egli è ben uomo da buttarla indietro, ridendo, come fece quel mattino che in piazza vollero giurare su la sua spada.

Egli, più che tutto, ha «compreso veramente il riso: non quello degli altri, ma quel riso ch'è in noi. Forse, dopo aver camminato vent'anni, e per tutte le strade, con ira e con libertà, con forza e con pace, sempre in nimicizia col proprio ideale e sempre in derisione con gl'ideali altrui, quel giorno che avrà tra l'unghie i cernecchi di quella scarmigliata potenza, le dirà: - Vatti a far tingere, perchè sei vecchia, e mi fai ridere anche tu!

Rimane solamente una bellezza della quale non ha mai riso finora e forse, egli pensa, non riderà mai: - le rose.

Egli vi ha detto: - «Vale nec parce! - e lo ripete; ma prima di andarsene come un'anima dannata nell'inferno, vi getta per tappeto ai vostri piedi canestri e panieri che straboccano d'una mietitura di rosai.

Non le vende, ha detto, le sue rose, però le dona; e le dona perchè vi camminino sopra quei piedi grevi che non sapranno mai far conoscere ai loro cervelli più grevi quanto sia divina divina divina, tra le primavere del mondo, la fioritura de' rosai!

Ecco, ed ora mi ricordo ch'egli vi raccontava una favola di due giardini...

Mancano al compimento, - egli dice, - minuti esatti quindici.

Vi saluta per la mia bocca in estremo l'Uomo che parlò tutta una Giornata e vi rimase buio; vi saluto per me stesso e per quella che fu la Comare della Commedia, oggimai quasi del tutto ravvolta nella tenebra dei veli, Dama di sole e d'ombra, bellissima etèra Meridiana.

Vedete: il glicine infoscato non più azzurreggia verso la Città lontana; il terrazzo magico non è più che una deserta vecchia strada, come s'incontrano talora nei viluppi delle antiche città morte; strade che la notte colma d'una perplessità quasi ladresca e dove un gatto che fugge, un cane che latra, un adultero che scivola, fanno quasi paura come apparizioni di fantasmi.

Fra poco vi passerà il decrepito illuminatore per accendere una piccola fiammella rossa nella chiostra dei lampioni...)

La sonnambula:

Chi ha detto Satana?...

Vedo, nel sonno veggente, che l'imprecazione ha ucciso tutti gl'Ideali e vedo che Satana, fra i Cavalieri, non esiste. Questo arcangelo non ha combattuto! è menzogna! non ha combattuto nè per sè nè per gli altri, nè contro sè nè contro gli altri! è stato soltanto il confine... il confine gelido... il confine spento...

Vedo, nel sonno veggente, che tutte le verità sono doppie, che nessuna è vera.

Può esservi sole senz'ombra? Ombra senza sole? Mai.

Per l'uomo questa impossibilità è il confine.

Di tutte le parole, poichè le parole sono idee, l'uomo conosce il sole e l'ombra, nient'altro che il sole e l'ombra, nè può dividerle, nè può fonderle, perchè il suo cervello non possiede altra facoltà che d'essere veggente.

Per l'uomo questa facoltà è il confine.

Cercate nelle parole qualche altro senso che non sia nè sole nè ombra, nè mai nè sempre... che non sia tutto, che non sia niente...

Per ora le parole non son altro che Meridiane, dipinte su la muraglia d'una infinita prigione. Tutte le Meridiane dicono: Sole, ombra. - Sempre, mai.

Per l'uomo queste Meridiane sono il confine.

Cercate fuori dall'anima, cercate fuori dai sensi, cercate fuori dalle Meridiane degli arcangeli che hanno vinto, fuori dalle Meridiane degli arcangeli che non hanno combattuto...

Invertite: Mai sole - sempre ombra.

Invertite: Mai ombra - sempre sole.

Per l'uomo queste inversioni sono il confine.

Vedo, nel sonno veggente, «la terza via...

Vedo, nel sonno veggente, ridere le umanità lontane...

Vedo, nel sonno veggente, nel sole... nel sole terribile... ahi, l'ombra... l'ombra!... non vedo più niente... Sì vedo!... come un fuoco... nel sole... più forte che il sole... più forte che tutto... la strada incendiata... che si avventa... sì!... sì!... che si avventa come un'ala... come un'ala rossa nell'infinito... e vola e canta... sì!... e la morte canta... e le Città camminano... ahi, l'ombra... l'ombra!... e le Città... camminano!

Pausa.
Nel buio
muore il teatro,
muore
il Sogno del Fato Moderno,
ala e fiamma
elica e musica della Città.
Pausa.

Entra l'accenditore di lampioni:

Non è davvero possibile che una notte, per caso...

Dio:
No.

Si chiude la Giornata.

Milano, Inverno 4.